JN053311

キマイラ 15

魔宮変

夢枕獏

イラスト／寺田克也
デザイン／シマダヒデアキ
（ローカル・サポート・デパートメント）

目次
Contents

登場人物紹介

大鳳吼　両親と離れて暮らす、小田原・西城学園高校の一年生。ある日、同級生の織部深雪を守るために不良たちと闘い、己れの内の幻獣・キマイラを目覚めさせてしまう。頼りになる三年生の九十九三蔵や玄道師・真壁雲斎と出会うも、血に飢えた己れの獣の出現に怯え、小田原を去る。丹沢山中で久鬼麗一と遭遇、宿命を共にするよう説かれるが、拒絶する。

　自分がさまざまな人間から追われる身と知り、東京に逃げ、岩村賢治という路上生活者らの庇護を得て、渋谷に落ち着く。ある夜、チンピラから浮浪者仲間を助けようとして、またもや獣を目覚めさせてしまう。悲嘆にくれた大鳳は、麗一に再会することを選び、半ば獣の姿のまま、麗一が潜伏する新宿の高層ホテルに向かい、「ソーマ」という植物を渡された。それは、麗一が亜室健之、由魅父子から与えられたもので、キマイラ化を一時的に抑える効力がある。その夜、大鳳は醜い姿のまま小田原に戻ったが、夜道で九十九といる深雪を目撃、深雪の部屋で別れを告げ、ソーマを置いて去った。

　自分と久鬼玄造との血の関係を探ろうと、屋敷に潜入。玄造に雇われていた宇名月典善、菊地良二の攻撃を受けるが、突然現われた巫炎に救われる。深手を負いつつ円空山に戻った大鳳は、雲斎と深雪に再会。その後、ソーマの用法を知る亜室健之に雲斎とともに会い、今はキマイラ化が抑えられている。だが、自分のために深雪がフリードリッヒ・ボックたちの一団に誘拐されたと知り、亜室健之の別荘を抜け出す。円空山にいた九十九三蔵に電話をかけ、協力を求めた。九十九と伊豆に向かった大鳳は海側から崖を登り、深雪が囚われているらしい館の様子を庭先から探る。その窓越しに深雪の姿があった。

久鬼麗一　元西城学園高校三年生。拳法と華道に長じているだけでなく、その人格からも、校内では圧倒的な支配力を持っていた。大鳳吼と同様、己れの内に獣を抱えている。その自覚はすでに得ており、それを制御する決意を固めてはいるが、深夜、真壁雲斎のいる円空山に現われ、嗚咽することもあった。

　キマイラ化した後は、養父・久鬼玄造の手で監禁されていたが、脱出。丹沢山中に現われ、大鳳に己れのキマイラ化を見せつけて、自分と同じ道を行くよう誘った。そして、亜室父子の庇護で新宿のホテルにいるとき、大鳳との再会を果たす。

　由魅の連れてきた謎の中年僧「狂仏」と引き合わされた際に、獣の姿から戻れなくなるものの、それを抑える月チャクラの法を狂仏から教えられ、いったんはキマイラ化が止まる。しかし、典善らが麗一を奪還しにきた時、再び変形は進み、背に翼が生え、ついには歓喜の叫びを上げて天空に去った。その後、再び現われた久鬼のキマイラを捕らえようと、玄造たちが追うが、巫炎とともに再び空に消えてしまう。現在は亜室由魅らのもとに滞在している。


真壁雲斎　小田原・風祭に円空山という庵を構える玄道師。拳法の達人で、九十九が、そして大鳳が師と仰ぐ。麗一と大鳳のキマイラ化をなんとか抑えようと台湾に渡り、まず八番目のチャクラである「鬼骨」を統べなければならないと知った。さらに、日本に潜入した巫炎の示唆を受け、危険な坐行を重ね、ついに、鬼骨を抑える九番目のチャクラ（天のチャクラ＝月チャクラ）を持つことができた。

　三十年ほど前に久鬼玄造と出会っていて、改めて玄造からキマイラ化の真相を探るための協力を請われたが、断る。

　円空山に生還した大鳳を連れ、亜室健之と会い、キマイラの起源ともいえる古い物語を聞く。

九十九三蔵 西城学園高校三年生。大鳳のよき理解者にして庇護者。拳法に強く、心優しい巨漢。大鳳を救おうとするが、それゆえに、思いを寄せる深雪との訣別を強いられた。

逃亡中の大鳳を見つけたという龍王院弘の呼び出しを受け、新宿に出たある日、脇田涼子と出会う。龍王院との死闘に勝ち、ようやく覇気を取り戻した。その心はまだ揺れているが、さまざまな人との関わりを知り、そこから逃げない決意を固めている。

キマイラ化した麗一を追って南アルプスへ赴き、山中で対峙。自我を失った麗一に襲われる寸前で、巫炎とツォギェルに助けられる。その後、雲斎に「すべてを忘れろ」と言われ苦悩するが、深雪が囚われたことで事態は新たな方向に動き始める。大鳳からの電話を受ける前、円空山を訪れた龍王院弘から、深雪が伊豆高原の洋館にいると告げられた。

兄は、闇狩り師・九十九乱蔵。

久鬼玄造 麗一の「父親」。若い頃、中国大陸に渡り、青海省の密教寺で吐月とともに「外法曼陀羅図」を見ている。その後、狂仏と外法の関係を探るために、雪蓮の一族が住むという天山へ向かった。

現在は小田原に住み、依然、キマイラ化の真相を追究している。宇名月典善と菊地良二を屋敷に置き、逃亡中の麗一や大鳳の行方を追ってきた。フリードリッヒ・ボックの来訪を受けたり、雲斎に協力を求めたりしたこともある。亡くなった馬垣勘九郎から預かった「キマイラの腕」を所持していたが、屋敷に侵入した金髪の青年に腕の半分を持ち去られる。

亜室健之の手で匿われていた麗一を取り戻すため、隠れ家に典善らを差し向けるが、麗一はキマイラと化してどこかへ去る。噂を頼りに、南アルプスで再び麗一を発見するが、身柄の確保はかなわなかった。そして、拉致された深雪の居場所を突きとめると、典善らとともに向かった。

智恵子（ちえこ）　久鬼玄造の妹にして、大鳳吼と久鬼麗一の実の母。小田原の冬の海で、大鳳夫妻に我が子のうち一人を託した。現在は、玄造の監視下にある。

宇名月典善（うなづきてんぜん）　流浪の格闘家。勝つためなら手段を選ばない。龍王院弘の師であるが、今はがむしゃらな菊地を気に入り、心身ともに徹底的に鍛えている。大鳳と麗一を捕らえるために玄造に雇われており、雲斎や巫炎、九十九とも闘ったことがある。

　麗一を奪還するため、亜室健之の別荘に向かうが、麗一がキマイラ化し失敗。その後、南アルプスでも捕らえることができなかった。その後、ボックの一味から深雪たちの居場所を無理やり聞き出した。

亜室由魅（あむろゆみ）　元西城学園三年生で、妖艶（ようえん）かつ底知れぬ魅力を湛（たた）える。麗一のキマイラ化を知っており、ソーマから採った液体を渡している。ある夜、発熱状態の大鳳に迫り、強引に関係を持ってしまう。麗一もそれを知っている。

亜室健之（あむろたけゆき）　由魅の父親。華僑世界に顔が利く。ソーマの用法をはじめ、キマイラ化の真相について何かを摑（つか）んでいる。大鳳と雲斎を呼び出し、雲斎に自らの一族とキマイラのルーツについて語った。大鳳の容体が落ち着くまで匿っていたが、自分の身柄と交換に深雪を助けたい、という大鳳の申し出を断る。

織部深雪（おりべみゆき）　大鳳の心優しき同級生。大鳳の宿命に同情し、丹沢山中では、大鳳に己れの命を捧げようとした。だが、ある夜、大鳳を装った麗一と関係を強いられる。しかし、事実を知り麗一を見たその眼は、あくまでも優しかった。後日、半ば獣と化した大鳳にソーマの花を残した。今は、フリードリッヒ・ボックの組織に囚われの身となっている。

龍王院弘（りゅうおういんひろし）　失踪（しっそう）した大鳳を捕らえるため、暴力団に雇われた美貌の格闘家。高校生の頃は、恐怖心で顔が異様に老けてしまう「伯爵病」の持ち主だったが、典善に隠れた才覚を見出され弟子となり、格闘技を修行する。九十九もかなわぬ異能を見せるようになるが、丹沢で大鳳のキマイラ化を目撃、その衝撃から、九十九、フリードリッヒ・ボックと続けて敗れ、どん底の精神状態に。かつて自分が典善に鍛えられた信州の山中にこもり、苦しみながら再起を遂げる。

　ボックへの復讐（ふくしゅう）心に燃えていたが、伊豆のルシフェル教団の館近くの暗い森の中でボックと再会を果たし、宿命の死闘を繰り広げる。

フリードリッヒ・ボック　キマイラ化の真相を探るため、大鳳と麗一を追うドイツ系アメリカ人。ルシフェル教団の覚醒師のひとり。「鬼勁（きけい）」という気を操ることに長（た）け、九十九、龍王院、菊地と闘い、いずれにも勝っている。玄造と会い、鬼骨の宿る「ルシフェルの座」を教えた。

　後日、二人の探索に訪れた新宿で、麗一のキマイラ化を見せられただけでなく、由魅が連れてきた狂仏・ツォギェルと一戦を交えた末、撃退された。しかし、今度は深雪を誘拐し、彼女との交換で、大鳳を手に入れようとしている。

菊地良二（きくちりょうじ）　西城学園高校空手部員。勝つことに執念を燃やし、手段を選ばずに闘う男。麗一に無謀な格闘を挑み惨敗する一方、由魅にも執心している。九十九、フリードリッヒ・ボックと、挑むごとに敗れてはいるが、典善のもとで格闘技の常識を超える技と心を学び、ついに憎悪を核として気を練り、チャクラを回すまでになった。

　典善と向かった八ヶ岳で、麗一の美しくも凄（すさ）まじいキマイラ化を目撃し、恐怖を隠せなくなる。典善によって再び元の自分に戻り、キマイラの捜索に加わっていたが、深雪が拉致される現場に遭遇、助けようとしたところを一緒に捕らえられてしまう。
目を覚ますと、深雪とは別の部屋に隔離されていた。そこへやってきたグリフィンと闘い、薬指を嚙み切られる。逃げる途中で白髪の老人・アレクサンドルの放つ鬼勁に倒れ、番犬となるよう催眠術をかけられる。庭を見回り中、潜入してきた大鳳と出くわすが、大鳳に気を注がれ、正気をとりもどす。

グリフィン　金髪、碧眼で、麗一に似たたたずまいを持つ少年。誘拐された深雪を追ってきた菊地と対峙し、その薬指を喰らう。

アレクサンドル　かつて、莫高窟に「外法曼陀羅図」を求めに来たグルジェフが伴っていた白皙の青年。馬垣勘九郎が敦煌で幻獣の「腕」を切り落とす直前、彼らはその獣としばし対峙していた。グルジェフの指示で、「外法曼陀羅図」を包んでいた羊の皮と幻獣の腕を盗みに馬垣らの部屋に侵入するも未遂。ある雪の夜、馬垣は何者かに首を折られて絶命するが、それも果たして彼の仕業だったのか……。
歳月が流れ、老人となった今は、グリフィンとともに、深雪たちが囚われた屋敷にいる。

岩村賢治　通称「岩さん」。詩を詠む、自称自由人の路上生活者。渋谷を根城とし、出奔した大鳳の面倒をよく見ていた。埴輪道灌とも親しい。

よっちゃん　渋谷を根城にする、心優しき路上生活者。岩さんと共に、大鳳のキマイラ化した状態も目にしている。拉致された深雪を救おうと、亜室健之のもとを抜け出してきた大鳳を助ける。

埴輪道灌（はにわどうかん）　雲斎と知己の玄道師。九十九三蔵の兄・乱蔵とも親しい。日ごろは上野公園で路上生活者のような生活をしている。仲間の岩さんを介して大鳳を知り、その将来を憂えていた。
　ある夜、大鳳のキマイラ化を目撃。心配のあまり円空山を訪ねる。雲斎に「ソーマ」について調べるよう頼まれ、熊野山中で吐月を探し出す。

吐月（とげつ）　紀州・熊野山中で千日修峰の修行中であった沙門（しゃもん）。雲斎の頼みを受けた道灌と九十九と会い、かつて大陸にいたころの話を始めた。
　その話とは、二十年前、チベットは青蔵（せいぞう）高原のマニ教寺院で雪蓮の名を聞いたこと、中国人に化けた久鬼玄造と、密（ひそ）かに「外法曼陀羅図」を見たこと、その絵図に青紫のソーマが描かれていたこと、その絵図を見て狂仏となった僧がいたことなどであった。

巫炎（ふえん）　台湾の山中で、住民から「獣」と恐れられ、自ら囚われの身となった大男。格闘も強い。台湾に渡った雲斎は、檻（おり）の中のこの男の凄まじいキマイラ化を目撃する。
　やがて脱走した巫炎は日本に密航する。大鳳と麗一の居所を突き止め、雲斎に、二人は自分の息子であり、玄造の妹、智恵子との間の子供であると告白する。さらに、キマイラ化を抑えるには、雪蓮という一族が「ソーマ」の用法に通じていること、それを服用するだけでなく、八番目のチャクラ（鬼骨）を統べることが必要だと告げた。
　その後、玄造の屋敷で大鳳を救うも、自らは撃たれ、囚われてしまう。しかし、キマイラ化を避けるには、天のチャクラ、すなわち九番目のチャクラ（月（ソーマ）チャクラ）を用いて鬼骨を抑えよ、という伝言が雲斎に伝わり、大鳳のキマイラ化を抑えることができた。やがて、狂仏ツォギェルに助け出される。

テンジン・ツォギェル　狂仏（ニョンパ）。亜室由魅が、新宿の公園で闘う麗一とフリードリッヒ・ボックの前に連れてきた、謎の中年僧。退散させたボックに、キマイラ化の究明にかかわるなと告げた。

　その後、抗（あらが）う麗一を捕らえ、鱗（うろこ）の肌と尾骶骨（びていこつ）を持つ、キマイラ化した己れの体を見せた。自分は「八位の外法」を試み、九番目のチャクラ、すなわち月（ソーマ）チャクラを持っていると告げた。そのチャクラで、八番目のチャクラ、アグニチャクラ（鬼骨）を抑えて、キマイラ化を制御していると明かす。麗一がキマイラ化した後はその姿を追い、玄造らに囚われていた巫炎を助けると、ともに麗一のもとに向かう。

　ツォギェルは幼い頃から、他の人には見えないものが見え、聴こえないものが聴こえるという不思議な少年だった。六歳でボン教の寺に預けられ、真言士（呪術士）のバグワンという師匠のもと、成長を遂げる。ある日、彼は師匠から、生涯誰にも伝えずにおこうと覚悟していたという秘話を聞く。それは「外法絵」、すなわち人が人でないものになる方法が描かれた絵にまつわる、長い長い物語であった。

ありがとうの辞

旅人だから
は　言いわけだよねえ
ごめんなさい
すみません
ぼくはもう行かなくてはなりません
明日なのではなく
今日なのです
ほんとうに
ほんとうに
すみません
理由などないんです
旅人だからじゃないんです
たぶん

ほんとうに
よくわかっていないんです
自分でも
こんなになじんでおきながら
こんなによくしていただきながら
どうして行かねばならないのか
わからないんです
でも
ほんとうに
もうぼくは行かなくてはなりません
明日なのではなく
今日なのです
今　行くのです
ごめんなさい
ほんとうに
すみません

道の途中でいいのです
そこで倒れますから
そこにあった
小石が墓標でいいのです
そこに咲いていた
小さな花がたむけでいいのです
もちろん
小石も
花も
ないならないでいいのです
そこで朽ちるのでいいのです
もう
行きます
明日ではありません
今日なのです

ありがとう
ほんとうに
ありがとう
では　これで
どうぞおすこやかに
ありがとう
ありがとう

——岩村賢治

序章

1

テンジン・ツォギェルよ、よくお聞き。

そういうことが、敦煌(とんこう)の千仏洞(せんぶつどう)で、あったというのだよ。

で、ギャツオは、その洞窟に描かれていた絵のあまりの凄(すさ)まじさに心を動かされ、それを羊の皮に模写したということだな。

で、問題は、窟に描かれた赤(せき)の絵じゃ。

これは、人目に触れさせてはならぬものであるが、しかし、消し去ってしまうのもためらわれた。

それで、赤図のある窟を塞(ふさ)いで、敦煌を去り、チベットへ帰っていったのじゃよ。

そこで、開いたのが、カルサナク寺(ゴンパ)だ。

その地下に、人目に触れぬよう、ひそかにあの赤図を再現しようとしたのだが、それができぬまま、世を去ったということだな。あの絵が、よほど心に残っていたということであり、だからこそ、とても再現などできないと考えたのであろう。

ただ、ギャツオがやってのけたことがあった。

それは、模写した赤図の一番要(かなめ)と思われる部分、合わせた両手の間のチャクラと、蹲踞(そんきょ)して合わせた踵(かかと)の間のチャクラを自らの手で消し去ったのさ。

そして、赤図の羊の皮を、もう一枚の羊の皮で、隠すように包んだ。その羊の皮に、あの言葉を、ギャツオは書き入れたのだよ。

亡くなるまで、ギャツオは、あの赤図のことを調べていたらしい。

それが何であるのか、何がわかったのか、何がわからなかったのか、ギャツオは一切、このことについては書き記さなかったので、わかっていないのさ。

ただ、わかっているのは、羊の皮に記された言葉のみでな。

外法印（げほういん）とは即ち、能（よ）く人を獣に変へるための外法なり。

その言葉は、このバグワンの心の中にも残っているよ。

カルサナク寺で、何度も聞かされたからね。

この法によりて、ひとたび獣と化さば、もはや彼をとどむる力はこの地上に無し。

この外法とは、天の甘露を食する法である。

これ、覚者なり。

これ、不死者なり。

故に、これ、外法なり。

外道の印なり。

故にこれを抹殺す。

どの一節も忘れられぬ。

まるで、何ものかを召還するマントラのようだね。

それから、千年に余る時を経て、タクトラがカルサナク寺にやってきたというわけだな。

カルサナク寺で、赤図を見せられたタクトラは、その絵の凄まじさに魅入られてしもうた。で、タクトラは、自ら地下の石室に赤図を描くべく、赤図とそれを包んだ羊の皮を持って、敦煌までの旅に出たというわけじゃ。赤図の本物を見るためにな。

そこで、タクトラは、ギャッツオと赤の話を、莫高窟にいる者たちから聞かされたのだ。

それが、二百年ほども前のことだよ。

もちろん、タクトラは、赤図を捜したよ。たくさんの窟に入っては、どこかにその窟に入るための入口が塗り込められているのではないかと壁を叩いたり、蹴ったりした。

砂に埋もれた窟の入口を幾つも掘り出し、中へ入り、全ての壁を叩いてまわったりもした。

それでも入口は見つからない。

最初は興味を覚えて、何人かの僧たちが協力してくれたのだが、僧たちはすぐに飽きてしまい、途中からはタクトラひとりが捜すこととなった。

そこで、たまたま見つけたのが、皆が近よらないある窟にちょっと入った右側の、甬道の入口であった。

壁を叩いていたら、ちょっと他とは違う音がするところがある。そこを強く叩いたら、その壁が崩れて、耳堂へ続く甬道の入口が現われたわけだな。

ここか⁉

と思って入ってゆくと、そこは小さな耳堂で、夥(おびただ)しい経典が積まれた経堂であった。

松明の灯りで照らしてみて、それがわかったわけだ。

古い経典というのも、興味がないわけではなかったが、タクトラの興味はあくまで赤図にあったからね。

それでね、ついに、タクトラは、それを発見したのだよ。

ある窟にね、釈迦如来の像があったんだ。

その背と壁のところにね、筋があるのを見つけたんだよ。その筋が床まであったっていうんだな。

莫高窟のほとんどの像は、他から持ち込まれたものではない。

その場で彫られたものなんだよ。

壁の岩を、その場で彫るんだ。

だから、像の背は、壁とくっついている。

筋なんかあるわけはないのだ。

もしかしたら、この像は動くのではないか——

で、タクトラは、この像を動かしたんだよ。

夜にね。

もちろん、ひとりじゃ動かせない。

馬を使ったんだ。

皆にわからぬよう準備をしてね、長い綱を用意したんだ。

それで像を縛り、別の端を馬に繋(つな)いで引っ張ったんだよ。

その窟がどの窟かはわからないが、そういうことができたわけだから、それほど高い場所にある窟ではないと、見当はつくだろうけどね。

しかし、それがどの窟かまではわからない。

ともかく、それで、像は動いた。

それで、その透き間から、タクトラは、中へ入っていったっていうんだな。

見て、驚いた。

話に聞いていたよりも、羊の皮に描かれた絵よりも、数倍、数十倍、数百倍も凄（すご）いものだったそうだよ。

ああ、そうだね。

松明の灯りで見たんだよ。

圧倒的な眺めだったそうだ。

涙がこぼれたそうだよ。

なんで涙がこぼれたのか、わしにはわからないが、よほどのものに出会うと、人は、自然に涙をこぼすものなんだろうなあ。

で、タクトラは、それを模写しなかったんだ。

見た。

見て覚えたんだ。

いや、頭の中に、その絵が焼きつけられてしまったということなんだろうねえ。

それで、タクトラは、敦煌を去ったんだよ。

去る時に、羊の皮に描かれた絵と、それを包んでいた羊の皮を、あらたに見つかった経堂に納めて、そこを土で封印した——

そうして、タクトラは、チベットのカルサナク寺にもどってきたんだよ。

そこで、一年か、二年か、時間をかけて頭の中に焼きつけられた絵を、カルサナク寺の地下に再現したんだ。

その時には、もう、タクトラにはわかっていたんだと思うよ。

その、赤図——外法曼陀羅図（げほうまんだらず）の中心にいる尊神は、アイヤッパンじゃないと。

ハリハラでもなく、ハモでもない。

これは、赤自身だって——

2

で、タクトラがやったのは、その絵を実践することだったのさ。

絵に描かれている外法を、自ら試みることだよ。

何年もかかったそうだ。

これまでに知られている七つのチャクラの他に、アグニチャクラを発動させ、さらに、踵のチャクラを発動させ、天のチャクラ、月のチャクラとも呼ばれるソーマチャクラを発動させたのだよ。

そして、結局——

タクトラは、不死者にはなれなかった。

失敗したんだ。

タクトラは、狂仏(ニョンパ)になってしまったんだよ。

それで、タクトラは、カルサナク寺の地下にある絵から、ソーマチャクラ、アグニチャクラ、踵のチャクラを消し去って、カルサナク寺を出たのだよ。

そして、この地に、ポンの寺を建てたのだ。

それが、テンジン・ツォギェルよ、今おまえのいる寺、ドルマ寺(ゴンパ)なのだよ。

一章　度脱（どだつ）

1

「……それが、テンジン・ツォギェルよ、今おまえのいる寺、ドルマ寺（ゴンパ）なのだよ」

長い話を語り終えて、バグワンは、眼を細めて、眼下に広がる大地に眼を向けた。

遥（はる）か彼方に、カイラス山の白い岩峰も見えている。

見下ろす村の中を、子供が走り、牛が歩いている。

のどかな風景であった。

「お師匠さま……」

ツォギェルは、師のバグワンを見やった。

「なんだね」

風景に眼をやったまま、バグワンが言う。

「それでは、そのギャツオ大師が描いたという絵は、このドルマ寺には……」

「ないということだな」

「その絵は、敦煌の……」

「どこかの窟の、封印された経堂の中に、今も眠っているということだな」

「それは、アンドルッチャンには……」

「まだ言うてない」

バグワンの眼が、風景からツォギェルにもどってきた。

「わしは、持ってないとは伝えた。ドルマ寺に

もないと。その絵を見たこともないと。そして、そんな絵のことは知らないし、あったとしても、どこにあるかわからぬと……」

「――」

「最後のふたつは、嘘をついた。わしは、絵は見たことはないが、あるのは知っている。今、どこにあるのかもね……」

「でも、アンドルッチャンは……」

「信じないだろうね」

「では、どうするおつもりなのですか、お師匠さまは……」

「放っておくしかなかろうかね」

「では、度脱屋に……」

「殺されるかもしれぬというのかね?」

「はい」

「心配はいらないよ。やつらが知りたいのは、赤図がどこにあるかさ。それをわしが知っていると思い込んでいるうちは、殺しはしないさ。そして、本当に知らないということがわかれば、何もせずに去ってゆくだろうさ――」

落ちついた声で、バグワンは言った。

確かにその通りであった。

バグワンの言葉には説得力がある。

「でも……」

と、そこまで言って、ツォギェルが口をつぐんだのは、バグワンの長い物語りを聴いているうちに、胸に浮かんだことがあったからだ。

何故、このようなことを、師のバグワンは自分に語ったのか。

外法絵のことは、自分の死と共に消え去ってゆくのでいいと、皆には言っていたのではなかったか。

それを、わざわざ、この自分とふたりきりになるように図って、バグワンは、自分に語ってくれたのだ。

「おまえを見て欲が出た」

と、バグワンは言った。

「誰かに言わぬまま、死んでしまってよいのか。おまえにこのことを告げてから死ぬべきであろうと思うた」

とも。

これは、つまり――

頭に浮かんだその考えを、ツォギェルは振りはらった。

ツォギェルが言いよどんでいると、

「そうだよ」

優しい声で、バグワンは言った。

「わしは、いずれ、死ぬ」

静かだが、はっきりとした口調で言った。

「度脱のことがなくともね。わしは、もうよい歳じゃ。だから、このことを誰かに告げておこうと思うたのじゃ。誰でもいいというわけではない。おまえがいたからなのだよ、ツォギェルよ……」

「お師匠さま……」

ツォギェルは、眼に涙を溜めていた。

子供の頃から、不安だった。

自分は、これでよいのかと。

人と違うことが、苦しかった。

それが、バグワンのもとへやってきてから楽になった。

自分は自分でいいのだと思うようになった。

石が、石であるように。

花が、花であるように。

自分は、自分でいいのだと。

これが、ずっと続けばいい――そう思っていた。

寺での楽しい日々が、ずっと続くのだと思っていた。

このバグワンのもとで、ずっと、永遠に寺の仕事をし、修行して生きてゆく。

自分の一生は、それでいいのだと思っていた。

そう信じていた。

それが――

「テンジン・ツォギェルよ、よく聞きなさい。この世は、移ろうてゆくものじゃ……」

「はい」

「ひとつ場所に、とどまり続けることのできるものなぞ、ひとつもない」

「はい」

「それで、いいのだよ」

はい……

という言葉は、声にならなかった。

泣く声とともに、ツォギェルはうなずいた。

「人には、淋しい時がある……」

バグワンは言った。

「辛い時も、哀しい時もある。どうして、このような理不尽なことが、我が身にふりかかってくるのかと……」

「はい……」

それを、ツォギェルは、わかりかけていた。

「いいかね、ツォギェルよ」

「はい……」

「人には、役目がある」

「はい……」

「それは、仕事だ」

「――」

「おまえには、仕事がある。牛に餌をやることだって、経を読むことだって、子を育てることだって、皆、それをやる者が、天から与えられた仕事なのだ」

「――」

「ツォギェルよ、仕事をするのだ。仕事をしなさい、ツォギェルよ。辛い時には、石を噛みながら。哀しい時には、涙をこぼしながら、仕事をするのだ。いいかね、ツォギェルよ、よく聞きなさい。仕事というものは、多くの人を救うものだが、仕事がまず一番に救うのは、仕事をするその人なのだよ……」

「はい」

ツォギェルは、泣きながらうなずいた。

どうして、バグワンの言葉が、これほど胸に染みるのか。

「わからないことがあったら、仕事に問うことだ。わしがいなくなっても、仕事が、その時、おまえにこたえてくれるだろう。仕事をするその手に問いなさい。何が正しくて、何が正しくないのか、それがわからなくなったら、仕事に問うのだ。仕事をしなさい。仕事が、その時、おまえにこたえてくれるだろう――」

ゆっくりと、バグワンが立ちあがる。

「ゆこうかね、ツォギェルよ」

そして、ゆるやかに、下に見える村に向かって、バグワンは径を下りはじめたのであった。

2

バグワンが、もどってこなかった。

夕方にはもどるはずだった。

それが、あたりが暗くなりはじめても、もどってこなかったのである。

「ちょっと、出かけてくる」

バグワンは、皆にそう告げて、寺を出たのだ。

「おともいたしましょうか」

ドムトゥンがそう言ったのだが、

「いや、いい」

バグワンがそれを断ったのである。

「どちらへ？」

これは、ジャユンが訊ねた。

「防霰堂じゃ」

バグワンは言った。

防霰堂は、近い。

村まで下りて、登ってくるよりは楽だ。

「荷があるわけではないからな」

バグワンはそう言った。

何か用事があるのですか——

とは、誰も問わなかった。

バグワンが、ひとりで防霰堂まで出かけてゆくのは、めずらしいことではなかった。

独りで何か考えたい時、集中したい時に、そういうことをするというのが、皆にもよくわかっていたからだ。

「では、行ってくる」

そう言って、水も持たずに、バグワンは出かけたのである。

誰も、心配してはいなかった。

ツォギェルだけは、少し心配をした。

アンドルッチャンのことがあったからだ。

毎朝、バグワンの身体を包む、黒い霧のようなものが、濃くなっていたからだ。

　しかし、朝の勤めを終えると、それがきれいに失(な)くなっているのも知っていた。

　誰かが、バグワンに呪(まじ)をかけているにしろ、それがすぐに師の身体に大きな影響を与えるとは思っていなかった。

　で、バグワンはひとりで出かけていったのである。

　しかし、夕方に、もどってこなかった。

　夜になる前の、お勤めのことは、バグワンも承知をしている。

　出かけた時は、必ずそれに間に合うように帰ってくるし、間に合わぬ時には、ジャユンに夕刻のお勤めのことを言いおいてゆく。

　今回は、それがなかった。

「お師匠さまが心配です。見に行きましょう——」

　ツォギェルがそう言って、三人で防霰堂まで出かけていったのである。

　ジャユン、ツルティム、そして、ツォギェルの三人である。

　出かけた時には、陽が沈んでいた。

　西の地平の上にあるカイラスの頂に、赤い残照があたっているだけだった。

　途中で、用意してきた松明に灯を点(つ)けた。

　歩いてゆくうちに、ツォギェルの胸に、不安が膨らんでくる。

　もしも、バグワンの身になにかあったら——

　防霰堂に着いた時には、夜になっていた。

　満天の星だ。

　天いっぱいに、星が光っていた。

「お師匠さま」

「バグワン先生」

防霰堂の外から声をかけたのだが、返事がない。

軋む扉を開けて、中へ入った。

松明を持ったジャユンが、先頭だった。

次に続いたのが、ツルティム、最後がツォギェルだった。

最初に、

「お師匠さま！」

という、ジャユンの叫ぶ声が聞こえた。

次が、ツルティムの叫び声だ。

その叫び声と共に、ツォギェルは防霰堂の中に入った。

そこで、ツォギェルも、ジャユンとツルティムが見たのと同じ光景を眼にすることになった。

木の床に、バグワンが、仰向けに倒れていたのである。

両眼を、大きく見開いていた。

口も、今も悲鳴をあげ続けているように、大きく開かれていた。

血を吐いたのであろう。

顔と、そして胸が、大量の血で赤く染まっていた。

何を見たのか。

何があったのか。

これだけ修行を積んだバグワンが、あの優しかったバグワンが、このような恐怖の表情を浮かべねばならないものとは、何であったのか。

バグワンは、ただ独り、防霰堂で死んでいたのである。

3

　そうして、二年後、ツォギェルはドルマ寺を出た。
　各地を放浪して、そしてたどりついたのが、カルサナク寺であった。

二章　伊豆狂乱

1

「わたしは、そこで、外法を試みたのですよ……」

ツォギェルは言った。

伊豆へ向かう、ハイエースの中であった。

ハンドルを握っているのは、亜室健之（あむろたけゆき）である。

助手席に座っているのが、巫炎（ふえん）であった。

その後ろの座席に、真壁雲斎（まかべうんさい）とツォギェルが座っているのである。

車は、ちょうど、熱海を過ぎたところであった。

左手に、青い相模湾が広がっている。

よく晴れていて、江の島、三浦半島も見える。

三浦半島のさらに向こう側には、小さく筑波山も見えていた。

小田原で真壁雲斎を乗せ、ハイエースは、伊豆高原に向かって走っているのである。

大鳳（おおとり）が姿を消した後、亜室健之たちは、話し合いをして、ひとつの結論を出した。

大鳳は、ルシフェル教団が言ってきた取り引きの場所を知っている。

それは、伊豆高原にある、今は使われていないゴルフ場だ。

ルシフェル教団は、そこで、織部深雪（おりべみゆき）と大鳳との交換を要求してきたのである。

亜室健之たちは、それを、拒否するつもりでいた。

わざわざ断らない。

ただ、無視することにした。

予定通り、日本を脱出する作戦を、粛々と進めてゆくだけだ。

織部深雪にはすまないが、そうするしかない。

大鳳には、このことは言わない。

言えば、大鳳は、せっかく決心した海外行きを拒否するであろう。

それで、大鳳にはそのことを教えないつもりでいたのである。

しかし、大鳳は、ルシフェル教団と亜室健之たちが、電話で話をしていた内容を、立ち聴きしてしまったと思われる。

何故なら、大鳳は、黙って姿を消してしまったからだ。

理由は、それ以外に考えられない。

大鳳には、亜室健之が、どういう決心をするか、想像がついたのだ。

それで、逃げた。

何故か。

独りで、取り引きの場所に向かうつもりなのだ。

自分自身が、彼らのもとに下るかわりに、深雪の身を自由にしてくれと、そういう交渉をするつもりなのだ。

そのくらいは見当がつく。

しかし、相手は、ひと筋縄ですむ連中ではない。

どう考えても、深雪を自由にするつもりがないことは、見当がつく。深雪を自由にしたら、自分たちがあぶなくなるのはわかっていよう。

おとなしく、深雪を返すはずがない。

深雪は、彼らのうちの誰かの顔を見ているかもしれない。

彼らにとって、聴かれたくない話を耳にしているかもしれない。

まずは、返さぬであろう。

むしろ、大鳳が行かない方が、深雪の安全は保証されるのだ。

大鳳がそこまでわかっているかどうか。

いずれにしろ、大鳳は、取り引きの現場である、天城岳(あまぎだけ)高原カントリークラブにやってくるであろう。

真夜中の十二時——つまり、午前零時に。

そこへ、行くつもりであった。

別動隊は、すでに、昨日から伊豆に入っている。

亜室健之たちは、夜に取り引きが行なわれるはずの今日、現地入りすることになって、小田原で、真壁雲斎をピックアップしたのである。

ルシフェル教団には、ゆく、とは告げていない。

あれから、一切連絡をとっていないのだ。

それでも、彼らは、念のため、取り引き現場にはやってくるであろう。

そして、大鳳も——

できることなら、大鳳も、織部深雪も助けたい。

雲斎にとっては、それは切実だ。

しかし、亜室健之たちにとっては、まず、大鳳である。

大鳳を助けることができた時点で、深雪を見捨てるかもしれない。

それがあってはならない。

それで、真壁雲斎は、亜室健之たちに同行することにしたのである。

早川で、ハイエースに乗り込んですぐ、車がまだ海岸道路に出ないうちに、

「真壁老師には、まだお話ししていないことがありました……」

ツォギェルが、雲斎に、そう声をかけてきた。

「何でしょう」

雲斎が言うと、

「わたしの、幼き頃の話です」

ツォギェルは言った。

「今後のことにも、関わりのある話ですから、それをお話ししておきましょう」

「ぜひ」

そういうことになって、これまで、ツォギェルは、自分の幼き日のことを、雲斎に語っていたのである。

「わたしは、幼き頃、色々と見えぬものを見ることができる子供でした――」

そういう言葉から、その追憶は語り始められた。

そして――

自身が、カルサナク寺に入ったところで、いったん間を置いて、

「わたしは、そこで、外法を試みたのですよ……」

という言葉を口にしたのである。

「八位の外法、鬼骨を回したのですね」

雲斎が言うと、

「そうです」

ツォギェルは、深くうなずいたのであった。

「地下の石室に入り、件の絵を実際に眼にした時には、震えました……」

その言葉を言い終えた後、今、口にしたことが本当のことであるとでもいうように、ツォギェルは、その身体をぶるりと震わせた。

師であるバグワンが、死ぬことになった原因とも言うべき外法絵だ。

それが、ここにある。

「二カ月ほどでしたか、しばらくはこらえていたのですが、ついに我慢できなくなって、わたしは、その外法を試みることを決心したのです……」

来る日も来る日も、地下の石室に通い、そこでツォギェルは瞑想した。

八位の外法で生み出した、とてつもない力――それをコントロールする方法が、サハスラーラチャクラのさらに上にある、消されていた九番目のチャクラ、ソーマチャクラであろうと見当をつけた。

そして、合わせた踵で生み出したアイヤッパンチャクラによって、八位の外法で生み出したアグニチャクラをさらに加速させる――そういうことであろうと考えた。

いきなり、全てのチャクラを活性化させるのではなく、少しずつ、少しずつ、チャクラを回す力を強くしながら、確認していったのである。

手で、念玉を作ることができるまでが二年。

足で、念玉を作ることができるまでに、さらに二年。

それを自由に操ることができるようになるのに、さらに二年。

そこからさらに、外法そのものを試みるまでに、三年の月日がかかった。

決心してから、九年の歳月が過ぎていたのである。

そのどれにしても、理屈を知ったからできるという法ではなかった。

幼い頃から、この世のものならざるものを見ることができた、テンジン・ツォギェルであったからこそ、たどりつけた境地であった。

また、そのように生まれついたというだけでも、たどりつける場所でもなかった。

バグワンという師があってこそ、そして、これまでのたゆまぬ修行の日々があったからこそ、たどりつけた境地であった。

そして、ツォギェルは、それを試みたのである。試みることは、カルサナク寺の誰にも告げなかった。

誰にも内緒で、ただひとりで、ツォギェルはそれを試みたのである。

「そして、わたしは、その試みに失敗してしまったのです……」

ツォギェルはつぶやいた。

「狂仏(ニョンパ)になってしまったのですね」

雲斎が言う。

「はい」

ツォギェルがうなずく。

巫炎と、亜室健之にとっては、すでに承知のことであるらしく、雲斎とツォギェルの会話には、一度も口をはさんではこなかった。

「人より長かった尾は、さらに長くなり、身体にあった鱗(うろこ)はさらに量を増し、そして、人には聴こえぬ波長域の音も、聴きとれるようになったのです……」

「キマイラ化した者たちと話ができるようになったということですね」

「はい」

ツォギェルがうなずく。

雲斎も、かつて、八位のチャクラ、鬼骨を回すのを試みたことがある。

アイヤッパンチャクラも、ソーマチャクラも知らない頃だ。

その時の、己れの肉そのものが異質の生命体へと変貌してゆくような、おそるべき体験を思い出していた。

あれを、ツォギェルはやったのか。

そして、自分が体験した、あの先まで行ったというのか。

しかし、それでも、失敗をした。

「うまくいかなかった原因について、何か、思いあたることはありますか――」

「外法絵の絵解きが、充分ではなかったのだと思います……」

「ほう……」

「あの外法絵には、まだ、我々の知らない何かがあるのではないかと……」

「たとえば、ソーマ？」

外法絵に描かれていたという、可憐な一輪の花――

「そうかもしれません。そうではないかもしれません。でも……」

「でも？」

「あの、外法絵が外法絵である所以(ゆえん)、その本質について、まだ、わたしは理解できていなかったのだと——」

「それは、何でしょう……」

「わかりません。知りたいような気もしますが、知りたくないとも思っています」

それは、ツォギェルの本音であろうと思われた。

「ソーマが、言うなれば、キマイラ化した者たちを、もとの人間にもどすための薬となるのだということは、もう、わかっていますね——」

雲斎は言った。

「ええ」

ツォギェルはうなずき、

「わたしは、それを、雪蓮の一族に出会って、教えられました……」

「確か、そのあと、カルサナク寺まで、雪蓮の一族がやってきたとか——」

「ええ。わたしが秘法を試みて、狂仏となったという噂は、ひそかにチベット中に広まりました。雪蓮の一族は、それを知って、わたしをむかえに来たのです……」

「キマイラ化した者との対話のために、必要であったからという理解でよいのですか——」

「ええ。それでわたしは、能海寛老師の後の狂仏となったのです」

「能海寛も、狂仏であったと——」

「ええ。わたしほど、肉体の変化はしなかったものの、老師は、狂仏化する前から、高い声や音を聴くことができたという話でした……」

「では、陳岳陵——久鬼玄造がカルサナク寺へ入ったのは、あなたがいなくなってからということでいいのですか——」

「その通りです」

ツォギェルはうなずき、

「しかし、わたしがカルサナク寺を出た後すぐ、つまり、久鬼玄造がやってくる前、わたしを訪ねてきた者がいるのです」

「え？」

「そして、その者たちは、強引に、地下の石室の外法絵を見ていったというのです」

「それは？」

雲斎が問うと、ツォギェルは少し沈黙してから、口を開き、

「度脱屋です……」

そう言った。

「度脱屋!?」

「ええ、わたしは、その後、そのことを知ったのです」

「誰なのです」

「ニンマ派の僧にして度脱屋、アンドルッチャンというチベット人ですよ。我が師、バグワンを度脱してのけた男です」

ツォギェルは言った。

2

新宿――

伊勢丹の前を、三人の東洋人が歩いている。

東洋人、というのは、三人が時おり会話を交わすのを耳にすると、どうも、日本語ではなさそうだったからだ。

どうやら、中国語らしい。

ふたりは、コートを着ていた。

ひとりは、ダウンのジャケットだ。

十二月も後半に入っているので、寒いからだ。

まだ、午前中である。

ふたりは老人で、ひとりはまだ三十代のようだ。

老人といっても、歳の差があるのは、ひと目で見てとれる。

一方の老人は、どう見ても九十歳を超えているように見える。

あるいは、百歳に近いかもしれない。

身体が小さく、身長が一六〇センチあるかどうか。

しかし、背は真っ直ぐに伸びている。

髪が白く、長い。

白髪というよりは、もともとそういう色であったかのように、艶がある。ぬめりのようなものさえ感じられて、美しい。

その髪を、頭の後ろで結んで、コートの背へ垂らしている。

髭も白い。

鼻の下と、顎に、きれいに伸ばした髭がある。

歳を感じさせるのは、顔に刻まれた夥しい数の皺だ。

細かい、ひび割れのような皺で、顔が埋めつくされている。

沼が干あがり、濡れた沼の底の土が露わになる。それが陽に照らされ、乾き、表面に無数の亀裂が生じてゆく。

その、十メートル四方の沼の底のひび割れた表面を、人の顔の面積に集約させたら、このような皺となるのかもしれない。

もうひとりの老人は、やや若い。

といっても、七十代か、あるいは八十歳になっているか。

背が曲がっていて、その背骨が少し歪(ゆが)んでいる。

スキンヘッドだ。

そのため、顔の皺が目立つ。

明らかに、もうひとりの老人よりは若いはずなのに、その姿形や、歩く動作は、もっと歳をとっているようにも見える。

関節の可動域が、せまいのだ。

といっても、見た目の歳であるなら、ごく普通に見られる現象で、歳相応であると言っていい。

もうひとりの老人の方が、異常なのだ。

もうひとり、三十代と見える青年は、やや小太りな身体を、ダウンのジャケットで包んでいる。

老人ふたりは、羊毛(ウール)と思われるコートに、マフラーをしているのだが、この青年は、ダウンジャケットの前を開けている。

その下に着ているのは、黒いTシャツであった。

マフラーをしていないので、冷気が直接首すじに入ってくる。

「日本は寒いですね。もっと、暖かいかと思いましたよ」

青年が、中国語で言う。

「以前、六年間日本にいたんだろう。日本の冬は初めてではないだろうに――」

若い方の老人が、これもまた、中国語で言う。

「寒いものは寒いですから――」

雑踏の中を、人をよけながら、三人は歩いてゆく。

「なら、上着のファスナーをあげればいい」

「この方が、カッコいいでしょう」
青年が言う。
青年が穿いているのは、ジーンズである。
足には、スニーカー。
先頭を歩いている、歳がいった方の老人が、
後方を振り返り、ふたりを見た。
会話をしていたスキンヘッドの老人と青年が、
顔を見あわせた。
「むこうは、中国語がわかるんだ。声を小さく
……」
スキンヘッドの老人が、青年に言う。
「承知してますよ」
青年が、小声でつぶやく。
その時、前からやってきた若い男が、どん、
と、スキンヘッドの老人にぶつかった。
「失礼」
日本語だった。
そのまま通りすぎてゆこうとした若い男の腕
を、青年の右手が摑んでいた。
「待ってください。今、盗んだでしょう」
ダウンジャケットの青年が言う。
「何のことだい、知らないね」
腕を摑まれた若い男は言った。
これはもちろん日本語だ。
その男の横にいたもうひとりの日本人の男が、
足ばやにその場を去ってゆく。革ジャンパーを
着た男だった。
その男が、ついさっき、通り過ぎてきた伊勢
丹の方へ移動してゆく。
「あっちの方ですね」
ダウンジャケットを着た青年が言った時には、
その革ジャンを着た男はもう、走り出していた。

と——

　その男の体が、一瞬、宙に浮きあがったように見えた。

　周囲を歩いていた人間たちよりも、上半身ひとつ分だけ身体を浮かせ、次の瞬間、大きく前に転がっていた。

　男が起きあがろうとした時には、もう、青年の右手に、左手首を摑まれていた。

　革ジャンの男の手には、黒い革の財布が握られていた。

「これ、返してもらいますよ」

　青年が、左手で、その財布を毟りとった。

「わたしのだ……」

　青年の横に立った、スキンヘッドの老人が言った。

「さっきの男が、あなたのコートから抜きとって、すぐに横にいたこの男に渡したんですね」

　青年は言った。

「いや、危ないところだった。日本は物騒なところだな……」

　スキンヘッドの老人は、自分の財布をコートの内ポケットに入れ、周囲を見回した。

「あ、あれ⁉　老師は——」

　つい今まで、一緒に歩いていた老人の姿が見えなくなっていた。

「あいつを、そのまま追っていったんでしょう——」

「え？」

「ここで待っていれば、そのうちもどってきますよ」

　青年は、すでに、革ジャンの男の手を放している。

最初に財布を抜きとった男と革ジャンの男——ふたりの男は、いつの間にか姿を消していた。

「心配はいりません」

青年は、にこやかに言った。

3

花園神社——

その境内の、人気の少ない場所で、男は呼吸を整えていた。

身体を前にかがめ、両手を膝に置き、背と腹を、大きく膨らませたり、縮めたりしている。

葉を落とした、欅(ケヤキ)の樹の下だ。

少し、呼吸がもどってきたかと思えた時——

「休めたかね」

声がした。

中国語である。

なめらかな北京語だ。

喘(あえ)いでいた男は、顔をあげた。

そこに、あの、老人が立っていた。

「やはり、中国語がわかるんだね」

老人が、穏やかな声で語りかけた。

これも、もちろん中国語だ。

「何でしょう。道をお訊ねですか？」

男は言った。

これは、日本語だ。

「とぼけたって駄目だよ。その日本語、上手だが、中国訛(なま)りが残ってる……」

老人が言った。

まぎれもない、きれいな日本語だった。

老人は、中国語と日本語、両方を使いわけることができるらしい。

「なんだ、日本語ができるんですか」

男は、笑みを浮かべて、身体を起こした。

「じゃ」

男は、背を向けて、走り出そうとした。

走れなかった。

後ろから、老人に、右腕を掴まれていた。

三メートル以上は、距離があったはずである。

いったい、いつ、どうやって、手が届く場所まで距離を縮められたのか、わからなかった。

男は、強い力で、老人の手を振りほどこうとした。

振りほどけなかった。

老人が、いくらも力を込めていないのはわかる。

それなのに、手が離れないのである。

柔らかな力が、腕にからみついている。

「さっき、わたしたちが尾行しているのを知って、ふたりの男を使って、我々の気をそらし、逃げようとしたね……」

老人が訊ねた。

答えるかわりに、

「しゃっ」

いきなり、男が、老人の股間を蹴りあげてきた。

それが、空を切る。

「ちいっ」

「吩(フン)!」

たて続けに、男が、蹴りと、左の拳を打ち込んできたが、そのことごとくが当たらない。

老人が、掴んでいる男の右腕を小さくコントロールして、攻撃が空を切るようにしているのだとわかる。

「きみも、多少やるのなら、何をやったって無駄だというのはわかるよね」

「何のことだい」

「色々ね、訊ねたいことがあるんだよ」

「――」

「きみね、〝ウロボロス〟に勤めていたんだってね」

老人がにこやかに言うと、激しい勢いで、男は抵抗しはじめた。

少ないとはいっても、多少の通行人はいる。

彼らの視線が集まりだしていた。

通行人の関心をそらすように、

「ニイハオ、ニイハオ」

老人は微笑しながら、男の身体を優しく抱き締めた。

男が、動けなくなった。

「色々、訊かせてもらうよ……」

老人は、抱き締めた男の耳元で、そう囁いた。

4

久鬼麗一は、静かに瞑想している。

ゆっくりと息を吸い、ゆっくりと息を吐いてゆく。

それを繰り返している。

全裸である。

尾のある尻を、木の床につけている。

何もない部屋だった。

正面は、大きな窓だ。

窓の向こうは森である。

その森に、ちらちらと雪が舞いはじめている。

久鬼自身は眼を閉じているのに、その光景が見えている。

不思議な感覚だ。

暖房は入れていない。

外気よりは、むろん室内の空気の方が暖かいのだが、それでも室温は六度である。

が――

寒さは感じていない。

久鬼の身体は、体毛に覆われているからである。

体毛――それは、獣毛と呼んだ方がいいのかもしれない。

白い獣の毛が、久鬼の全身を覆っているのである。

頭部だけが、久鬼だ。

久鬼は今、半覚醒状態にある。

半分目覚めていて、半分意識が眠っているような状態だ。

呼吸を繰り返していると、

「ぎ……」

「ぎるるる……」

獣が眠そうな声で哭く。

それは、久鬼の左右から聴こえてくるのである。

久鬼は、自分の胸の前で、両手を合わせている。

「げ……」

「るるるる……」

眠そうな声で、久鬼の左右の獣が静かに哭く

……

久鬼の頭部の左右から、ひとつずつ、ふたつの首が生えている。

獣の首だ。

その獣が、時おり、ぎろぎろと緑色に光る眼を動かしては、低い声で、優しく哭くのである。

どこか、眠そうな幼児の声に、似ていなくもない。

獣の首は、いずれも牙を生やし、その顔にまで獣毛が生えているのである。

中央の久鬼の首は、もとからの久鬼の顔をした首である。

しかし、左右の首は、久鬼の顔とは似てもいない。

おそらく、今、自分が見ている窓の雪の光景は、そのふたつの首のいずれか、あるいは両方が見ているものであろう。

そして、腕が六本。

左右の肩から背にかけて、それぞれ三本ずつ——

そのうちの、通常の位置に近い一対の腕を持ちあげて、久鬼はその手を胸の前で合わせているのである。

この姿に近いものとして、奈良・興福寺の阿修羅像を思い浮かべることもできるかもしれない。

亜室健之、ツォギェル、そして、父の巫炎はすでに出かけている。

伊豆へ向かったのだ。

おそらく、小田原で真壁雲斎と合流し、その後、共に伊豆へゆくのではないか。

大鳳が、ルシフェル教団の者たちと出会うより先に、大鳳と接触するためだ。

この件に、九十九三蔵（つくもさんぞう）は、何らかのかたちでからんでいるのだろうか。

そういうことが、わからない。

亜室健之たちは、あえて、それをこの自分に伝えないのか、それとも本当にわかっていないのか。

自分のこの姿が、人前に出られぬものであるというのは、充分に承知している。

最初は、形状すらわからぬ怪物だった。

その怪物の内にあって、自分の意識すらどこにあるのかわからなかった。

しかし、今は違う。

ソーマと、リハビリによって、同じ怪物であるにしろ、二足歩行の生命体であることがわかるまでには、肉体がもどってきている。

意識については、ほぼ完璧に久鬼麗一だ。

今、思うことは、色々ある。

何故、このような肉体をもって生まれついてしまったのか。それを嘆くだけでは、どこへも踏み出せない。

これが、自分なのだ。

このような肉体を持って生まれつき、中国から日本へやってきて、母の兄である久鬼玄造に育てられ、西城学園に入学し、九十九と出会い、真壁雲斎と出会い、そして、黒堂や黄奈志たちと出会った。

弟である大鳳とも、小田原で出会った。

それが自分だ。

それがおれだ。

それが久鬼麗一だ。

そこから、逃げない。

自分が久鬼麗一であるということから眼をそむけない。

すでに、それを覚悟している。

自分の身体に生えた、無数の腕や脚、獣毛、角、鱗、翼、頭部、顎（あぎと）——そういうものを、ひとつずつ消滅させていった。

すでに、やり方はわかっていた。

父である巫炎のアドバイスが役にたったのだ。

心に描き出すイメージだ。

そのイメージが、自分の姿を造る。

そのイメージがない場合には、肉体が暴走する。

感情のままに、肉体が膨れあがる。

これまで、人が進化してゆく過程の中で捨ててきたもの、あるいは未来におけるあらゆる可能性が、爆発するように肉体から噴き出てくる。

その力は、あまりに凄まじい。

肉体に、意志が負けてしまう。

荒れ狂う波の中の木の葉のように、もまれるままだ。

しかし、意志さえ強固に持っていれば、その力をコントロールできるのだ。

実際に、自分が今それをできるかどうかは別にしても、そういうものだと今はわかっている。

意志の力で、肉体の変貌を、自在に操ることさえ可能なのだ。

この一週間、久鬼は、意識的にその作業を行なってきた。

余分な腕や脚を、意識的に消滅させることは、今の久鬼にとっては、それほど難しい作業ではなくなっている。

ただ、瞬時に、というわけにはいかない。多少の時間はかかる。

そのことについて、久鬼は、他の者に正確に伝えていない。

わざと隠している。

自分が達成できたことの半分くらいを伝えているだけだ。

亜室健之の感想は、

「想像以上に回復が早い……」

そういうものであった。

父の巫炎は、そういう久鬼に対して、何か思うところがあるようだが、それを口にしなかった。

ことによったら、巫炎のみではなく、ツォギェルも、亜室由魅(ゆみ)も、そして、亜室健之も、自分が隠していることを知っているのかもしれない。

それなら、それでいい。

久鬼には、少し前から考えていることがあった。

それを、今日、試すつもりでいる。

そこまでは、まだ、誰もわかっていないはずであった。

幸いにも、今日は、亜室健之も、ツォギェルも、父の巫炎もいない。

試すなら、今日だ。

それで、今、久鬼は静かに呼吸を整えているのである。

主だった者で、いるのは、亜室由魅だけだ。

亜室由魅は、雪蓮の一族だ。

キマイラの血を引く久鬼麗一と大鳳吼(こう)を、連れもどすために日本までやってきたのだ。

だからといって、ただ、いきなり拉致したりはできない。

キマイラ化のことや、雪蓮の一族のことを久鬼に打ちあけて、もどって来いとも言えない。

人がキマイラ化――つまり獣人化する話をしたところで、おいそれと信用されるわけはない。ましてや、その対象が自分である場合はなおさらだ。

それで、亜室健之と由魅は、獣人化現象が久鬼の肉体に起こるまで、様子をうかがっていたのである。

はじめは、久鬼だけのつもりでいたところ、偶然に――いや、必然として、大鳳吼が、同じ西城学園に、北海道からやってきたのである。

亜室健之と由魅のふたりは、自分と大鳳を連れもどせればいい――そう思っているはずだ。

しかし――

自分は違う。

自分には、気になっていることがある。

それは、母のことだ。

母の智恵子（ちえこ）――

二年半前、湘南の海で、すれ違った女性。

あの時のことを思うと、胸が締めつけられるようになる。

その後、あの女性はどこへ行ったのか。

おそらく、知っている者がいるとすれば、母の兄である久鬼玄造だ。

その母をこのままにしてはおけない。

亜室健之たちが、自分と大鳳を、海外へ連れ出そうとしているのはわかっている。

しかし、母の行方がわからぬまま、日本を後にはできない。

自分がキマイラ化している時間が長かったために、母について亜室健之と話しあった時間は、それほど多くはない。

しかし、話した時の感触からすると、亜室健之は、母のことを真剣には考えていないとわかる。今、どこにいるのかも、把握してはいないようであった。

海外へゆく時、母をどうするかということを考えると、亜室健之たちの手間が増えるというのはわかる。

母を見つけ出し、説得し、そして、日本の外へ連れ出す——もし、パスポートが使えて、正規のルートを使うことができるとしても、母が今暮らしている環境によっては、母を知る周囲の者たちについて、どのようなエクスキューズをもって、説得すればいいのか。正直なところは言えぬにしても、どのような説得力ある嘘をつけばいいのか。

それを考えれば、母のことは、とりあえず無視するしかない。

「まず、きみたちだ」

と、亜室健之は言った。

「きみたちを海外へ連れ出し、安全なところへ身を隠してから、智恵子さんのことを考えればいい」

嘘だと思った。

海外へ逃れた後、いったい、どうやって再び日本に入国し、そして、母を連れ出すのか。

そんなことをやるはずはない。

〝梶井(かじい)〟

そういう表札の掲げられた家に、母はいたはずだ。

今は、別の場所にいるに違いない。

その別の場所でも、母はその〝梶井〟という人の家にいるのであろうか。

若き日の久鬼玄造と知り合いであったという

梶井知次郎（ともじろう）という人物がいる。すでにこの世にいない人物だ。

母が一緒に暮らしていた〝梶井〟と、その〝梶井知次郎〟は、どういう関係があるのか。

そういう謎を残したまま、日本を去ることができるか。

できない。

だから、隠したのである。

自分が、どれだけキマイラをコントロールできるかを。

少なくとも、今の姿では、どんなにパスポートを偽造しようが、正規のルートで国外へ出るのは無理だ。

だから、この姿でいる限り、出発を延ばすことができる。

この姿で、久鬼単独での外出はできない――

亜室健之たちは、そう思っているはずだ。

だから、監視もゆるい。

いつでも、通常の人の姿にもどることができるのなら、今こそ、亜室健之もいない、ツォギェルもいない、巫炎もいない今日こそがチャンスなのである。

自分が、どこまで、キマイラをコントロールできるか、それを試さなくては――

だから、十日くらいをかけて、現在のこの姿形になるよう、コントロールしてきたのである。

両足の踵を合わせて念玉を作り、これをアイヤッパンチャクラとする。

それで、八番目のチャクラ――アグニチャクラである鬼骨を刺激し、活性化させる。

そして、両手を合わせて念玉を作り、これを頭の上にもってゆき、ソーマチャクラとする。

そこまでは、自分もわかっている。

そして、おそらくは、その先があることも
――

この地上の、誰も気づいていないやり方――

ツォギェルから聞かされた、赤須子（せきしゅし）でさえ気づかなかったやり方。

あの、ブッダの修行時代、一緒にいたというマータヴァですら、試みたことがない方法。

それを、これから、自分は試みようとしているのである。

眼を開き、ゆっくりと、久鬼は腰を持ちあげ、蹲踞（そんきょ）の姿勢になる。

雪が、音もなく窓の外に降っている。

天から地上へ降りてくる沈黙の細片。

それが、森の枝や、枯れた下草の上にゆっくりと積もってゆく。

山の中だ。

そこそこに標高もある。

東京や、伊豆には、この雪は降っているのだろうか。

こちらは雪でも、下界は晴れているということはあるであろう。

雪を見て、そんなことを思考する。

自然な思考だ。

瞑想の妨げになるような感情ではない。

泡のように勝手に思考が浮かんでくるのなら、それはそれでいい。

瞑想の妨げになるのは、浮かんでくる小さな思考を、無理に消そうとしたりすることだ。小さな思考が浮かんでくるたびに、それに惑わされていると、かえって心を乱すことになる。

自然に――

心に浮かぶ、泡のような思考は、そのまま放っておく方がいい。

ぎ……

ぎぎるる……

眼を閉じる。

思考の暗黒の中に、白い雪が降り続いている。

その雪を消さない。

その雪と同化する。

古来、瞑想には、さまざまな方法がある。

一般的に知られているのは、

「無」

という概念を利用する方法だ。

心を無にして、呼吸法により、宇宙のプラーナを吸い込み、それを体内で回転させ、意識をサハスラーラチャクラから天へ抜けさせる。

いわゆるポアという現象を自分の肉体に生じさせる。

仙道の用語では、小周天の法である。

これが、意識と肉体のステージをあげてゆく方法である。

何も思わない。

見えるもの、聴こえるもの、触感、味、香るもの——そういう感覚をすべて遮断してゆく。

そういうものが消え去った後、厄介なものが残る。

それが「想（そう）」である。

想うこと。

心だ。

怒り、哀しみ、悦（よろこ）びすらも、消し去らねばならない。

時に、怒りや憎しみが消せず、かえってそれが増幅したりする。

しかし、やがて、瞑想者はたどりつく。

人の心に浮かぶさまざまな想念、感情――そういうものも、修行により、消し去ることができる境地に。

だが、そこに、消せないものが残る。

そのうちのひとつが、

「無になろう」

とする意志だ。

雑念を消そうとする意志。

言いかえれば、それは、自分自身のことだ。

悟りたい――

無になりたい――

仏になりたい――

それは意志であり、欲望である。

つまるところ、己れ自身である。

その己れ自身も消し去らねばならない。


己れ自身を消し去る――これがなかなかできない。

己れ自身、自我を消し去れば、意識はそのまま宇宙と一体となる。

自分と、周囲との境界が消え去り、宇宙と自分が同化する。

自分は、自身をとりまく環境とひとつになっている。

自分は、窓と同じであり、目の前で咲く花と同じであり、椅子や床、石と同じであり、鳥と同じであり、あなたと同じであり、星と同じであり、空と同じであり、海と同じであり、蟻(アリ)と同じであり、魚と同じであり、雲と同じであり、神と同じである……

そこに至ってはじめて、
梵我一如(ぼんがいちにょ)

という、仏教の真理を体感する。

自分と宇宙がひとつという認識。

いや、それを体感する己れ自身さえも、その境地では消滅してしまっている。

しかし、仏教において不可思議なのは、その人がはじめから無であっては、その境地にたどりつけないということだ。

そこの石と同化するためには、はじめからその石であってはいけないのである。

石は石であり、石は石であることによって、はじめから石は無である。無である石は修行する必要がない。

ならば、人は死んで、ただの物体となるのがよいということなる。

仏教において、悟るというのは、あくまでも自身の肉体、自身の心をもってたどりつかなければならない場所なのである。

言い方をかえれば、石は悟ることはできないということになる。

これを悟る必要がないと考えるか、はじめから石は仏であると考えるか——

そこでまた、さまざまな思弁が生じてゆくのだが、少なくとも、修行という行為は、生命（いのち）の存在なくしてはあり得ない。意志の存在なくしてはあり得ない。

生き、死に、病気になる。

老いて衰えてゆく肉体を持つ人であればこそ、憎しみや喜びや、怒りや、悪意、それらのものに心は苛（さいな）まれる。

そういう肉体と心というふたつのものがあるからこそ、いや、そういう肉体と心を使うことでしか、人は悟ることはできないのである。

何という不可思議。

しかし、他のものでも、肉体の霊的中継点であるチャクラは活性化する。

時に、憎悪の心でも、怒りによっても、その方法によっては、チャクラは回るのだ。

憎悪や怒りによって、いったん発動すれば、〝無〟よりも激しくチャクラは回転する。

その圧倒的力を持つのが、八番目のチャクラ、アグニチャクラだ。仙道で言う鬼骨である。

無も何もない。

それを発動させれば、人の肉体そのものがめきめきと音をたてて変貌してゆく。

この方法と無をもってする方法との違いは、鬼骨は、コントロールが利かないということだ。

そのベクトルが向かうのは、天ではなく、逆方向、言うなれば地獄だ。

神ではなく、獣に向かって激しく解脱してゆくやり方だ。

進化のゆく先が涅槃なら、その逆である生命の混沌に向かって解脱してゆく——それが八位の外法なのである。

しかし、今、久鬼がやっているのは、雪を見ることである。

意識の闇の中で、雪が降り続けている。

もちろん無音である。

意図して、雪の光景を思い描いたのではない。

自然にそうなったのだ。

眼を開いた時に、窓の外に降る雪の風景を見たから、自然にその光景が意識に映ったのである。

別のものを見れば、おそらくはその映像が残ったに違いない。

久鬼は、さからわない。

あえて、眼を閉じた時に、心に映る映像を消そうとしない。

それを消そうとすると、心に負荷がかかる。

それはよくない。

雪を見て、それが心に残る——それは自然なことだ。

それにさからわない。

それを利用する。

速度だ。

雪が落ちてくるその速度に心をあわせる。

すっ、

と、自分がその雪の速度に同化する。

その速度で呼吸しながら、大気の中からプラーナ、つまり気を取りこんでゆく。

いったん、丹田まで下げた気を、背骨に沿って上昇させる。

サハスラーラチャクラまであげて、また、下げる。

小周天。

それで、少しずつチャクラを回してゆく。

雪の速度が、チャクラを回転させる。

その速度の中に、あの、湘南の海で出会った母の顔が交じる……

それに、久鬼はさからわない。

母が、チャクラを回転させる。

それを繰り返すうちに、チャクラの回転が速くなり、気の下降と上昇が速くなる。

身体があたたかくなる。

それが、心地よい。

ここまでは、すでに、真壁雲斎と出会った年には、できるようになっている。

今は、その先まで、さらにその奥までゆくことができる。
下降した気を、上昇させる時に、鬼骨にあてる。
鬼骨は動かない。
しかし、それを繰り返す。
ともすれば、上昇した気が、サハスラーラチャクラから抜けて、ポアしそうになる。
久鬼は、胸の前で合わせていた両手を離して、自分の頭の上へもってゆく。
頭の上で、両手を合わせ、念玉を作る。
それが、ソーマチャクラ、すなわち月のチャクラである。
その月のチャクラで、ポアしそうになる気の上昇を止める。
これで、小周天の速度をさらにあげることができる。
さらに速く。
さらに強く。
やっと、鬼骨が目覚めたのがわかる。
鬼骨が、ゆっくりと動きはじめる。
ここは、すでに、真壁雲斎が、別のやり方で通り過ぎた場所だ。
鬼骨は、小さく鳴動しはじめたものの、まだ回転はしない。
ただ、おそろしいほどの量感を持った力が、そこに眠っているのは感じられる。
まだだ。
ここまでは、何度かキマイラ化した自分には、たどりつける場所であった。
まだその先へ行かねばならない。

久鬼は、合わせた踵に、念玉を作った。

踵を合わせて作った念玉——

言うなれば、地のチャクラだ。

この地のチャクラと、手を合わせて作った天のチャクラ、すなわち月(ソーマ)のチャクラをもって、八番目のチャクラであるアグニチャクラ——つまり鬼骨から生ずる凄まじいエネルギーをコントロールするのである。

小周天の法によって、チャクラの回転数があがっている。鬼骨によってその回転数が、さらに倍加している。

少しでもコントロールを誤ると、人間にもどりかけたキマイラ化現象が、再び活性化されて、また自分は獣と化してしまうだろう。

鬼骨が加速する。

肉体が加速する。

高圧のエネルギーが高速で動いている。

ともすれば、それが、脳天から上へ抜けようとする。

ともすれば、それが、尾骶骨(びていこつ)から下へ抜けようとする。

それを、月のチャクラと地のチャクラで抑える。

抑えながら、手の中で練りあげて、もどす。

合わせた踵の間で擦(こす)りあげて、もどしてやる。

もどす時に、浄化してやる。

不純物を取りのぞいて、純粋な力の塊にして、回転する渦の中にもどしてやる。

時おり——

ぎるる……

ゴルル……

久鬼の頭部の両側で、獣が哭く。

がちがち、

ぎちぎち、

と、歯を噛み鳴らす。

そこに、一瞬、熱が生じて、はじけそうになる。

チャクラの回転で加速された気(プラーナ)の循環する力が溢(あふ)れて、キマイラを刺激するからである。

わずかでもコントロールを誤ると、再びキマイラ化しかねない。

首の両側が、むず痒(がゆ)い。

皮膚のすぐ内側——肉の中を、小さな節足動物が、無数に這(は)いまわっているようだ。

やがて、それも消えた。

眼を開ける。

いつの間にか、窓の桟(さん)に、雪が積もっていた。

ゆっくりと立ちあがる。

頭の両側に手をやる。

キマイラが消えていた。

いつもの、自分の頸(くび)の肌の感触があるばかりだ。

手や、指のキマイラ化については、過去にもコントロールできるようにはなっていたのだ。

しかし、当時は、まだ、完全ではなかった。

だが、今は、キマイラは完全に自分のコントロール下にある。

それがわかる。

右腕を持ちあげる。

すぐに、その腕に獣毛がふつふつと生えはじめ、鱗が生じてゆく。

念を込めると、腕の肉が裂け、そこに獣の顎(あぎと)が生まれた。

鋭い歯が並び、赤い舌が動く。

その獣の顎が、生まれたのと同じ速度でもとにもどってゆく。

続いて、その腕が、金色に光りはじめた。

細かい、金色の羽毛が生じ、そして、消える。

自在だ。

もはや、多少、血を浴びたところで、自身の肉体が、それの意志に反して、勝手にキマイラ化してゆくようなことはないであろう。

よほどの深い怒りで、自身の心のコントロールができないような状態にならぬ限り、獣は自分の意志に従うであろう。

ついに……

と、久鬼は思う。

ついに、体内の獣を自分の支配下においたのだ。

そして、このことを知るのは、自分ひとりだ。


他に、誰もいない。

いい気配だった。

意識が晴れわたってゆく。

もう、普通に街を歩くことができ、しかも常人以上の力を、自分は持っているのである。

失ったものを取りもどすことも、できるのか――

いいや。

もはや、失ったものを取りもどす必要はない。

人とは、もともとそういうものだからだ。

キマイラ化する、しないにかかわらず、人は、生きてゆくことの中で失ったものは、取りもどすことはできないのだ。

それが、友情であれ、信頼であれ、そして恋であれ――

あらたに、それは手に入れればよいものであり、入れるべきものである。

いいや。

いっそ、もう、そのようなものは手に入れなくてもよいではないか。

そんなことも思う。

ただ、久鬼にとって、取りもどしたいものがあるとするなら、それは、ただひとつだ。

それは――

その時、部屋のドアに、ノックがあった。

久鬼は、ドアの方に眼をやった。

誰がノックをしたかはわかっている。

「どうぞ……」

静かな声で、久鬼は言った。

ドアが開かれた。

「入るわよ」

女の声がした。

5

亜室由魅が入ってきた。

亜室由魅が入ってきた時、すでに、久鬼の頭部の左右には、キマイラが生じていた。

久鬼が、己れの意志で生じさせたものだ。

亜室由魅は、久鬼を一瞥して、

「服を着て――」

短く言った。

久鬼は全裸だったのだ。

由魅は、それを見て驚きもせず、

「怪しい者たちが来たわ……」

そう言った。

「怪しい者たち?」

木の床の上に、脱いだまま落としていたものを身につけながら言う。

すでに、絹の黒いズボンを穿き終え、白い絹のシャツの袖に、腕を通しているところだった。

「三人、近づいてくるの」

「顔は？」

「見たこともない人間よ」

由魅が言う。

この家は、表向きは空き家ということになっている。

別荘を借りているのだ。

郵便も届くことはないし、宅配便が届くこともない。

近くには、この建物以外には何も建っていないし、誰かが迷ってやってくることも考えられない。

やってくるのは、誰だかわかっている者だけだ。

その顔が、見知らぬ者なのだという。

しかも、途中で車を停(と)めたのか、カラマツの林の中の道を、歩いてここに向かっているのである。

それを、監視カメラが捉えたのだという。

由魅と一緒に、部屋を出た。

モニターのある部屋にゆく。

そこに、林雲雕(りんうんちょう)がいた。

門の前に、三人の男がいた。

それが、モニターに映っている。

黒い、羊毛(ウール)のコートを着た老人がふたり。

青いダウンジャケットを着た、三十代と思われる男がひとり。

老人のうちのひとりは、年齢がわからないくらい、顔の皺が深い。

ぬめりのある白髪を、頭の後方で結び、コートの背へ垂らしている。

その白髪の上に、雪が薄く積もっている。

身長は、一六〇センチあるかどうか。

小柄な老人であった。

もうひとりの老人は、同じ老人ながら、白髪の老人よりは若く見える。

七十代であろうか。

スキンヘッドだ。

白髪の老人が、高齢ながら、背筋がきちんと伸びているのに対し、こちらの老人は、背中が前に曲がっている。

若い、ダウンジャケットの人間は、まだ青年である。

やや小太りで、眼が細い。

その三人が、人の背よりも高い門の鉄柵の前に立って、視線をあちらこちらに向けながら、話をしているのである。

中国語であった。

「空き家のように見えますが、空き家ではありませんね」

「中に、車が一台、停まっているな」

「他にもまだ、車があるかもしれません」

「ほら、そこにカメラがありますよ」

青年が、カメラの方を見やって、レンズを指差して、にいっと笑った。

「こちらを見ているということですね」

青年が、小さく手を振ってみせた。

門柱にあるスイッチを押して、

「こんにちはあ」

青年が、日本語で声をかけてきた。

「ニイハオ」

いずれも、完璧な日本語であり、北京語であった。

「返事がありませんね」

「誰もおらぬのかな」

「いないんなら、勝手に入っちゃいましょうか――」

しゃべっているのは、三十代の青年と、七十代の老人である。

小柄な老人の方は、まだひと言もしゃべってはいない。

「出なおしますか？」

青年が言う。

「そうは、いきませんよねえ。出なおしてたら、次に来た時、ここに誰もいなくなっちゃうから――」

青年は、レンズを見、

「ね？」

笑ってみせた。

「出なおしてくることにしようって、大声で言って、行っちゃったふりして、そうっと裏から回り込む――やっぱ、わかっちゃいますよねえ」

青年は、ちょっと沈黙した後、

「このまま、訪問しちゃいますか」

小柄な老人に問うが、小柄な老人は、黙したままだ。

「やっぱ、人数を用意して、みんなで押しかけてきた方がよかったんじゃ……」

「しかし、そうすると、時間がかかる。仲間のひとりと連絡がとれなくなっているのはもうわかっているだろうから、その間に逃げてしまうでしょうな」

スキンヘッドの老人が言う。

「だよねえ」

明らかに、こちらに話を聞かれているのは承知しているような口ぶりであった。

「とにかく、入りましょう」

青年が言った。

右手を伸ばし、小さくジャンプして、鉄柵の一番上に指を引っかけ、そのまま身体を引きあげるようにして、いっきに鉄柵を乗り越えて、内側に下り立っていた。

それをモニターで見ていた久鬼が、

「誰かな？」

由魅に問う。

「今、新宿のウロボロスにいた張に、連絡がとれなくなっているんだけど……」

「そっちの分ということですね」

「今、黄と李が、パソコンのデータを消去して、関係書類も処分しているわ。移動は明日の朝の予定だったけど、それが早くなったということね」

「そうした方がいいでしょう」

林が言う。

「行きましょう。裏手に車を停めてあるわ。そっちからなら――」

「結構気に入った場所だったんですけどねえ――」

久鬼がつぶやいた時には、もう、三人全員が鉄柵を乗り越えて敷地内に入ってきていた。

「先に行って下さい。あとで、黄と李と三人で合流します」

林が言った。

「行きましょう」

由魅は、もう歩きだしていた。

久鬼が、その後に続いた。

6

黄は、ダストボックスに、関係書類や、自分たちの身元を明かすようなもの全てを入れ終えていた。

三度目の作業であった。

これで、スイッチを入れれば、全てが自動的に焼却され、処分が完了する。

李の方も、パソコンのデータを処理し終えたところだろう。

後は、逃げるだけだ。

スイッチを入れて、後方を振り返る。

ドアがあった。

そのドアに向かって、急ぎ足で歩く。

ドアノブに手をかけようとしたその瞬間、

カチャリ、

と、音をたてて真鍮(しんちゅう)のドアノブが回転した。

「む」

黄は、ドアノブにかけようとしていた手を止め、

「哈(ハッ)!」

右足で、おもいきり、ドアを蹴っていた。

ドアが、外へ向かって大きく開く。

ドアの向こうに人が立っていたら、顔面に開くドアの直撃を受けていたところだ。

しかし──

開いたドアの向こうに、青いダウンジャケットを着た、眼の細い青年が立っていた。

開いたドアは、その青年の鼻先をかすめてい

ったのだ。
跳ねもどってくるドアを、その青年は左手の指先を引っかけて止め、
「やっぱりね」
中国語で言った。
その細い眼が、楽しそうに笑っている。
「ネズミ一四、見ィつけた……」
部屋の中に入ってきた。
「ちいっ」
黄が、その青年の股間に向かって、右足の爪先を蹴り込んだ。
青年が、脚を閉じる。
青年の閉じた両脚の間に挟まれて、黄の右足が止まっていた。
しかし、黄の動きはそれで止まらなかった。
「ちゃあっ！」
左足で床を蹴って、その左足でそのまま青年の右側頭部を蹴りにいったのである。
バチィン！
凄まじい音がした。
青年は、右腕を持ちあげて、それを受けていた。
青年の右側頭部に当たる寸前で、黄の蹴りは青年の右肘で受けられていたのだ。
この時には、もう、青年の左手が動いていた。
青年の開いた左手が、黄の顔面を叩いた。
そのまま、青年の左手は黄の頭部を摑み、真下に向かって落としてゆく。
その、落ちてゆく黄の後頭部に向かって、青年の右膝が持ちあがってゆく。
青年の左手と右膝の間に、黄の頭部が挟まれていた。

声もあげずに、黄は意識を失っていた。

「ひとり確保」

青年がつぶやく。

「いくら書類を燃やしたって、人間を燃やすわけにはいかないからねえ——」

青年は笑っていた。

7

林は、李と合流して、廊下を走っていた。外へ出て、車に飛び乗り、エンジンをかけて、黄を待つつもりだった。

タイミングとしては、エンジンをかけたところで、家から遅れて黄が走り出てくるはずだった。

足音をたてて走る。

できるだけ、こちらに、侵入者の意識を向けておく必要があるからだ。

侵入者の意識がこちらに向いていれば、久鬼麗一と亜室由魅が逃げる機会が増えるであろうからだ。

まず、何をおいても、ふたりを逃がすことが先決であった。

ふたりさえ逃がせば、万が一、自分たちが捕らえられても、大丈夫だからだ。

亜室由魅と久鬼麗一は、この後、国外へ逃げることになっている。

もしも、大鳳吼と合流できたのなら、大鳳も一緒に国外へ出ることになる。

その行く先は、中国ではない。

では、どこか。

それは、自分たちには知らされていないのだ。

だから、もし、この屋敷に残っている黄、李、そして自分の三人のうちの誰が捕らえられても、久鬼たちの行く先をしゃべることはない。

知らないことは、口にしようがないからだ。

敵が知るのは、過去のことだけだ。

これまでのことは、どれだけ知られても、この後どうするかは知られようがない。

その意味では、役目は果たしたことになる。

外へ出るドアを押し開けて、外気の中へ飛び出した。

粉雪だ。

雪の中を、車に向かって走る。

と――

自分たちと車の間に、雪の中から、黒い影がすうっと入ってきて立ち止まった。

スキンヘッドの、老人であった。

首に、黒いマフラーが巻かれている。

「待ちなさい」

スキンヘッドの老人が声をかけてきた。

その声が落ち着いている。

しかし、ふたりは足を止めなかった。

老人を突き飛ばしても、そこを駆け抜けてゆくつもりだった。

正面から、老人とぶつかる。

そのつもりだった。

しかし、ぶつかるその瞬間、老人が眼の前から消えていた。

林が見たのは、雪の渦だった。

老人が消えた後、それまで老人が占めていた空間に、空気と一緒に雪が流れ込んでゆくその渦だ。

かえって、それが、ふたりの足を止めさせた。

通り過ぎてから、

「ぬ!?」

と、林と李は足を止めていたのである。

車は、すぐそこだ。

再び、車に向かって足を進めようとしたその時、ふたりの肩へ、ふわり、ふわり、とのってくるものがあった。

老人の、両足であった。

林の左肩へ、右足を。

李の右肩へ、左足を。

雪の渦を巻いて跳躍し、老人は、ふたりの肩の上へ着地していたのである。

「急がんでよいではないか、ん?」

老人は言った。

その時、家の裏手から、車のエンジン音が響いてきた。

それが、何の音か、林にはわかっていた。

久鬼麗一と亜室由魅が、無事、脱出に成功したということだ。

8

裏手の、鉄の扉を開けたのは、久鬼であった。

そこを、ジープがいっきに通り抜けて止まった。

助手席のドアを開けて、久鬼が乗り込んでくる。

久鬼が、ドアを閉める前に、由魅はもうジープを発進させていた。

久鬼が髪についた粉雪をはらう。

由魅は、白いダウンジャケットを着ているが、久鬼は、白い絹のシャツ一枚だけだ。

もちろん、久鬼は、それで寒さを感じていない。
道は、車が一台通ることができるだけだ。
左右は、熊笹が生い茂っている。
熊笹の向こうは、カラマツの森だ。
ジープは、左右から被さってくる熊笹に、身をこすりつけるようにして走ってゆく。
雪は、いよいよ、繁く、激しく降ってきている。
ふっ、
と、小さく息を吐いた久鬼に、
「追ってくるわ」
由魅が、バックミラーを見ながら、つぶやいた。
久鬼は、後方を振り返る。
ジープのリアウィンドウに注いでくる雪を、ワイパーが全力ではらいのけている。
ワイパーが動くたびに、ガラスの向こうに、雪まみれの後部の風景が見えた。
その風景の中に、黒い影が見えた。
その黒い影が、ジープを追って走ってくるのである。
しかも、その影は、だんだんと近づいてくるのである。
あり得ないことであった。
山道である。
道は、右に左に曲がっている。
しかも、雪である。
しかも、こちらはジープである。
四輪駆動車で、なお、時速三〇キロ以上で走っている。
この速度に追いつける人間がいるのか。

いる。
それは、自分だ。
自分ならば、この速度に走ってついてゆくことができると思う。
が——
よく見れば、追ってくるのは、老人のようであった。
まさか。
ぐん、
と、ジープが加速した。
由魅が、アクセルを踏んだのだ。
ハンドルを切る。
ジープが大きく右へ曲がる。
そこで、由魅が、おもいきりブレーキを踏んだ。
つんのめるようにして、ジープが停まった。
眼の前に、一台の車が、行く手を塞ぐようにして停まっていたのである。
別荘の、表側へゆく道と、裏側へ回る道とが分かれるところだ。
彼らの車だ。
彼ら三人は、この車でやってきて、ここへ車を停めたのだ。
車は、そのふたつの道を、合流点で塞ぐようにして停められていたのである。
久鬼は後方を見た。
影が消えていた。
「どこへ行ったの？」
由魅がつぶやく。
久鬼の視線が、上に持ちあがる。
「屋根ですね」
久鬼が言う。

「どうする?」

「ぼくが、なんとかしましょう」

久鬼は、由魅の返事を待たずに、ドアを押し開けて、雪の中へ出た。

屋根を見あげる。

降りしきる雪の中で、小さな老人が屋根の上に立って、久鬼を見下ろしていた。

「ニイハオ」

老人は言った。

身長は、一五七、八センチであろうか。

黒いコートを着ていた。

白髪だ。

その白髪を、頭の後ろで結んで、コートの背に垂らしている。

髭もまた白い。

おそろしいほどの高齢であると、見た目でわかる。

顔の皺が、異様に多いのだ。

沼の底が日照りであらわれ、乾燥してひび割れが無数に入ったような皮膚。

この老人が、ジープを走って追ってきたのだ。

ジープは、道が曲がりくねっているとはいえ、三〇キロは出ていたはずだ。おそらくは、時速三五キロ前後であろう。

そのジープに、走って追いついてきたのである。

しかも、息を切らしていない。

呼吸に乱れがない。

人は、身体的才能があれば、トレーニングをして、一〇〇メートルを一〇秒で走ることができる。時速に換算すれば、三六キロ。

これは、スタートからゴールまでの速さを平均したものだ。

　当然ながら、スタート時は、遅い。

　時速〇メートルの状態から、加速してゆくので、最大値で、時速四〇キロは出ているかもしれない。しかし、その速度で走ることのできる者でも、長時間は無理だ。どう考えても、人が時速四〇キロで走ることができるのは、せいぜい三秒前後であろう。

　その速度で、数分走り、しかも、息を切らしていない。

　なお言えば、高齢の老人である。

　そういうことができるのは、この自分と、大鳳吼、そして、父である巫炎くらいのものだ。

　そのはずであった。

　しかし、ここにそれをやってのけることのできる人間がいた。

　それも、老人であった。

　その老人が、今、久鬼の眼の前にいる。

　ジープの屋根の上に立ち、こちらを見下ろしながら、微笑しているのである。

　その老人の髪、コートの肩、顔の皺の上に雪が降りかかる。

「ニイハオ」

　久鬼は言った。

　完璧といってもいい北京語だった。

　以前から、雲斎から中国語は学んでいたし、ここしばらくは、亜室健之たちから、中国語のレッスンをずっと受けていたのである。

「おやおや、びっくりするほど、中国語がお上手ですね」

　これは、日本語だった。

　多少訛りはあるものの、充分意味が伝わるきれいな日本語であった。

「ニイハオだけですけどね」

久鬼麗一は言った。

もちろん、日本語だ。

「いや、なかなかどうして——」

「何か、ご用件でも？」

すでに、この時、久鬼は自分の頭部の左右に生じさせた〝キマイラ〟を引っこめている。

車を降りる時にやったのだ。

外にいるものに、キマイラ化した姿を見せないためだ。

しかし、由魅には、〝キマイラ〟を消し去るのを見られたかもしれない。

自分が今、キマイラをコントロールできていることを、まだ由魅にも亜室健之にも隠しておきたかったのだが、それは、ここで考えるべきことではない。

「きみが久鬼麗一くんならば、我々と一緒に来てもらいたいんだけどね——」

「我々？」

「あとふたり、いるんだよ」

「残念ですが、急ぎの用事があって、それはできません——」

「だろうねえ」

「でも、方法がないわけではありません」

「たしかに」

老人がうなずいて、にいっと笑う。

見た目は、チンパンジーの背筋を伸ばして、身体をふたまわり大きくしたくらいだ。

しかし、顔は、どちらかというなら、チンパンジーより齧歯(げっし)類に似ている。

白髪、白髯(はくぜん)のネズミだ。

「ぼくが、そこへ行きますか。あなたが下りてきますか?」

久鬼が言う。

そこへ、

「何をやっているの!?」

ジープの運転席から、由魅の叫ぶ声が届いてくる。

「乗って。行くわよ」

ジープが、ふいに発進した。

フロントバンパーが、前に停まった車にぶつけられた。

斜めに停められた車の助手席のあたりだ。

一度。

二度。

四輪駆動車、ジープの馬力にまかせて、停まっている車を押して、脇へのけ、透き間を強引に作って、そこから脱出しようと、由魅が腹をくくったらしい。

「おおっと……」

屋根の上でバランスをとっていた老人が、三度目の衝突で、ジープが揺れる寸前に、雪の宙に跳んでいた。

ふわり、
と、老人が、久鬼の前に降りてきた。

絶妙の間合、絶妙の場所だ。

久鬼が、もしも車に駆け寄って、助手席に飛び乗ろうとするなら、必ず通過しなければならない場所だ。

間合の、一歩外だ。

もしも、久鬼に、攻撃するつもりがあれば、老人が地に降り立つその瞬間に攻撃を仕掛けねばならなかったところだ。久鬼は、それをしなかったことになる。

「久鬼、早く!」

由魅が、運転席のドアを開けて、叫んでいる。

バックして、前進、また、ジープをぶつける。

乗用車が、すでに半分以上動いている。

もう少しだ。

ある程度透き間ができたら、そこへジープの頭をくぐらせ、強引に突っ込んでゆけば、向こうへ通り抜けることができる。

「ちょっと、この方と遊んでから行きますよ——」

久鬼が言う。

剣呑(けんのん)な相手だとわかる。

このままだと、ジープにたどりつけても、助手席のドアを開けようとノブに手をかけた途端、後ろから攻撃されることになる。

ジープに乗るためには、この老人を動けなくするしかない。

遊びながらだ。

しかし、もう、ほとんど遊び方を忘れてしまっている。

遊びの勘を取りもどすためにも、この老人と手合わせをしておく必要がある。

「いいねえ、久鬼くん」

老人は、笑いながら、両手を持ちあげて、身体の左右に翼のように広げてみせた。

「じゃ、ちょっとつきあってもらおうか」

久鬼は、この時には、小さく身体を上下させていた。

膝と足首、腰のバネを使っている。

縮めて、
伸ばして、

縮めて、
伸ばして、
縮めてから、

「行きますよ」

わざわざ告げてから、ふわりと前に出た。

間合の中へ入った。

その瞬間、相手が動いてきた。

どういう予備動作もしない、完璧な動きだ。

空気か風のようだ。

最初は、右手だった。

上に持ちあげた右手の指が、三本——まず拳から人差し指と中指を立ててそろえ、そのそろえた人差し指と中指を、下から親指が支えるように添えられている。それぞれ長さの違う三本の指先が、一点でひとつになっている。

それが、久鬼の左側から、こめかみをねらって襲ってきたのである。

それに、わずかに遅れて、同様に左手の三本の指がそろえられて、久鬼に向かって跳んできたのである。

ひゅん、
ひゅん、
そういう音がした。

右手の攻撃は、逃がすためのものだ。

まず、久鬼を動かし、その後わずかに遅れて発動した左手が、逃げた獲物を追うためのものだ。

久鬼は、それを、ふたつの動きでかわしていた。

首を下げて、ひとつ目をかわし、その首を斜め左に持ちあげながらふたつ目をかわす。

前に出ながらやった動きだ。

ふたつの攻撃をかわした時には、久鬼は、小柄な老人の懐深く入り込んでいる。

肘！

老人の胸に向かって、右肘を入れる。

当たった⁉

しかし、手応えがない。

肘が、相手の身体に触れた瞬間、肘と同じ速度で、相手の身体が退(さ)がっていたのである。

肘が、空を切る。

ここまでは、予定していた流れだ。

本命は次だ。

退がったことで、老人の身体が、逆に蹴りの間合に入ったのだ。

そこへ、

「吩(フン)！」

久鬼の左足が、地を蹴って跳ねあがる。

老人の頭部を目がけて。

前蹴りだ。

しかし、老人の顎に入るはずであったその蹴りが、当たらずに天へ逃げた。

老人が、頭を横に振ってかわしたのである。

身体の小さい老人ならではの動きだった。

しかも、老人は、自分の頭上を天へ抜けてゆく久鬼の左足の踵を、右手の甲で、さらに上へ跳ねあげていたのである。

久鬼の両足が開いている。

その無防備な股間に向かって、下から老人の左掌が浮きあがってきた。

久鬼の股間を、下から叩こうとしたのである。

しかし、久鬼の肉体は、すでに以前の肉体ではない。

老人の右手の甲の上から、左足の踵をするりとはずして、左脚を膝のところで折り、真上から、老人の左手を——まだその左手が宙にあるうちに、踏みつけにいったのである。

老人の左手を、宙で踏みつけるようにしてはじき、その軌道を下へ向けた——そう思った。

が——

そうはならなかった。

下を向いていた老人の左手が上方へ向けられ、上から落ちてきた久鬼の左足を摑んでいたのである。

かまわずそのまま下へ蹴り抜いて、その手をはずすつもりで力を込める。

む——

はずれなかった。

強い力で、老人の左手が久鬼の左足の踵を摑んでいる。

異様な手であった。

老人のその左手は、指が、倍近くに長く伸びていたのである。

はじめから、こういう手をしていたか⁉

それとも——

みりっ、
と、久鬼の履いている靴の踵が、悲鳴をあげる。

分厚くて、硬い靴底が、みちみちっと音をたてる。

久鬼は、右足で地を蹴り、身を浮かせて、右の爪先で、老人の左腕を下から蹴りにいった。

「ちいっ！」

はずれる。

再び雪の中で向きあった。

老人の左手が、コートの袖から出ている。

その指が異様に長い。

人差し指で、一五センチはあるであろうか。

老人の身長からすれば、あり得ない長さであった。

さっき、両手の指三本をそろえて攻撃してきた時とは、明らかに指の長さが違っているのである。

それが、証拠に、右手の指の長さは、もとのままだ。

「へえ、そんなことができるのですか……」

久鬼は笑った。

嬉しそうであった。

「こんなこともね」

老人がつぶやいた時、久鬼の右側から、見えない何かが襲ってきた。

右の空間を埋めている雪が、ぐうっとうねるようにして、久鬼に向かってぶつかってきたのである。

久鬼の髪が、右から左へ、
ざわっ、
となびく。

「鬼勁(きけい)ですね」

勁の力を、やりすごす法は、すでにできる。

直接、肉体に触れて当ててくる勁でなければ、動かずに流せばいいだけのことだ。

今度は、老人の右側の雪が、どっと動いて老人にぶつかってきた。

老人の髪と髭が、老人の左側に、ざっとなびく。

久鬼がやったのだ。

通常、勁の力が働くのは、生物の細胞に対してだ。

だから、石などの無機質のものは、いくら勁を当てても動かない。

無機質のものは、勁の力を伝えはするが、それ自体が動くことはない。

その意味では、水も、雪も同じである。

しかし、何故、雪が動くのか。

原理的には、たしかに、雪は無菌状態のはずだが、雪の核には、氷核活性細菌の細胞が含まれているケースが多い。

その細胞が、勁——つまり気の力に反応して、雪を動かすのである。

「いいねえ、久鬼くん」

老人は言った。

「もう少し遊ぼう」

老人は、嗤っている。

左手を持ちあげて、

「わたしは、これを見せた。君も、何か見せてくれんかね」

両眼を細めた。

すると、老人の両眼は、皺の中に埋もれて見えなくなった。

老人が持ちあげている左手——掌を上に向けているのだが、その指先の爪が、ぐうっと伸びた。

その爪で引っかかれたら、肉が、二センチくらいは抉れてしまうだろう。

老人の左手の指が、黒ずんでゆく。

知っているのだ。

中国語を話すこの老人は、キマイラのことも、自分がキマイラ化する肉体を持っていることも知っているのだ。

久鬼はそう思った。

だから、こんなものを見せているのだ。
ならば――
今さら、自分の肉体の事情を、この老人に隠す必要はない。
久鬼は、腹をくくった。
その時――
「久鬼、乗って。行くわよ！」
由魅の声が聴こえた。
ジープが、行く手を塞いでいた車の向こうへ出ていた。
「ひゅっ」
と、久鬼の唇が、笛の音をたてた。
その瞬間、久鬼の身体が宙に跳んでいた。
高い。
四メートルあるバーを、そのまま跳び越えることのできる跳躍力であった。
老人の上から、久鬼が襲いかかる。
足で、老人の頭部を蹴りにいった。
老人が、横へ跳んで、両腕で頭部をガードする。
が――
衝撃が老人の頭部を襲うことはなかった。
上から落ちてくる久鬼の落下速度が、遅くなったのである。
信じられないことが起こっていた。
久鬼が、雪の宙いっぱいに、黒い、皮膜のある翼を広げていたのである。
蝙蝠（コウモリ）の翼だ。
それを広げて、落下速度を殺したのである。
白い、絹のシャツの袖は、内側から広がったその翼のため、裂けて垂れ下がっていた。
ばさり、

と、その翼が空気を摑んで打ち振られた。
雪の中に、久鬼の身体が浮きあがる。
ジープの屋根の上に降り立った。
「行け、由魅！」
久鬼が叫ぶ。
「全速力だ。おれのことは心配しないでいい!!」
ジープのエンジンが咆吼(ほうこう)した。
久鬼は、後ろを振り返る。
老人がジープを追って走り出していた。
「残念ですね。もう少し遊びたかったんですが……」
ジープが、いっきに加速した。
が――
老人も速い。
もう、ジープのすぐ後方に迫っていた。
老人が跳躍する。
後ろのドアに取りつけられたタイヤに、左手の爪が潜り込む。
屋根の上の久鬼を見あげ、
「もう少し遊んでもらおうかね」
老人が言った。
老人が、右手の爪を、タイヤのゴムに潜り込ませた。
いつの間にか、老人の右手も、左手と同様に、指が伸び、爪が伸びている。
老人は、両手でタイヤを抱えるようにして、下から久鬼を見あげて笑っている。
その顔に、ぷつぷつと、黒い小さな点が出現しはじめた。
顔だけではない。
指にも、手にも、手首にも、その黒い点が出現しはじめた。

ひとつ、ふたつではない。

幾つも。

数えきれないくらいだ。

それが、ふいに、ぞわり、と一斉に伸びる。

老人の顔が変貌してゆく。

老人の鼻と上顎、下顎が、前に向かってせり出してきた。

尖(とが)ってくる。

犬!?

鼠(ネズミ)!?

いずれにしろ、獣の顔であることは間違いない。

白い髪も、白い髭も、だんだんと色が黒く、濃くなってゆく。

その獣の顔になった老人が、屋根の上に這いあがってこようとした。

右手を伸ばし、屋根に爪を突き立てる。

身体を、ずるり、と引きあげる。

その時だ。

たあん!

銃声が響いた。

老人が、もんどり打って、後方に倒れ込んだ。

後頭部から地面に落ちて、転がった。

由魅が、左手でハンドルを握りながら、拳銃を右手に握り、銃口を後方へ向け、バックミラーでねらいを定めて撃ったのだ。

それが、獣と化した老人のどこかに当たったのだ。

転がった老人は、転がり続けている。

なんと、転がりながら老人が追ってくるのだ。

よく見れば、老人は、転がっているのではなかった。
走っている。
走りながら、ジープを追ってくるのである。
雪の中を。
二本足ではなかった。
四本足だ。
老人は、獣のように、両手と両足で地面を蹴りながらジープを追ってくるのである。
疾(はや)い。
疾い。
信じられないことに、老人が追いついてくる。
ジープのすぐ後方に、老人が迫った。
老人は、半分獣の顔で、久鬼を見あげながら笑っている。
「ひゅー」
と、久鬼は、讃嘆の意味を込めて、唇を鳴らした。
その時、ジープは、跳ねあがるようにして、アスファルトの道に出ていた。
由魅が、ハンドルを左に切った。
けたたましい音を、タイヤがたてた。
後輪がスライドする。
アスファルトを、タイヤが噛む。
いっきにジープのスピードがあがってゆく。
一〇〇キロを超えた。
老人の姿が小さくなって、雪のカーテンの向こうに消えた。

9

「コントロールできるようになっていたのね――」

助手席にもどってきた久鬼に、由魅が言った。

由魅は、ハンドルを握りながら、アクセルを踏んでいる。

久鬼の、黒い蝙蝠の翼に変化した腕は、もう元にもどっている。

「ほぼ、完璧にね」

久鬼は言った。

「いつからなの?」

「三日前くらいからですね。試してみたら、昨日は、うまくできました。そして、今日も、今も……」

「ふうん……」

「しかし、よく、当てましたね」

さっき、由魅が拳銃弾を、老人に当てたことについて、久鬼は言った。

「近い距離だったからよ」

「それで、彼らは何者なんです?」

「わからないわ。中国の政府に所属するどこかの機関に雇われた連中だと思うけど……」

「獣人化していましたね」

「まさか、中国政府が、独自にキマイラ化現象をコントロールできるやり方を発見したとは思えないわ」

「でも、彼はコントロールしていましたよ」

「ええ」

「で、どうするのです」

「これから?」

「ええ」

「もともと、行く予定だった場所に移動するか、あとは……」

「あとは?」

「伊豆に行きたいっていうこと?」

「そういうことです」

久鬼はうなずいていた。

10

老人がもどってきた時、屋敷の入口で、スキンヘッドの老人と、ダウンジャケットの青年が待っていた。

老人の姿は、もう、元にもどっている。

「その顔では、逃がしてしまったようですね」

青年が言った。

「ちょっと、遊び過ぎてしまってね」

白髪の老人が言った。

「我々は、この間に、ひと仕事、済ませておきましたよ」

「ほう」

「三人、捕まえたんですが、そのうちのひとりの口が軽かったということですね」

「きみが、優秀な男だということは、知ってるよ。猛宗元（もうそうげん）くん。で、何かわかったの？」

「彼らの行き場所ですよ」

「彼ら？」

「亜室健之たちのことですよ」

「どこへ向かったのかな」

「伊豆ですよ」

ダウンジャケットの青年、猛宗元に代わって答えたのは、スキンヘッドの老人であった。

三章　闇の王

1

真壁雲斎は、夜の森の中を歩いている。

落葉樹と常緑樹が、混生する森であった。

楓（カエデ）や欅（ケヤキ）はすでに落葉してしまっている。

ナラやクヌギは、葉が枝に残ったまま枯れているが、落葉はしていない。いずれも落葉しない落葉樹だ。

常緑樹では、椿（ツバキ）、楠（クスノキ）、金木犀（キンモクセイ）、柏槙（ビャクシン）が生えている。

それらは、葉が繁っているが、その間に楓や山桜、欅が交ざっているため、月光がほどよく森の底までおりてきている。

月は、まだ満月には至っていない。

それでも、夜目のきく雲斎には、充分な明かりであった。

ほとんど、音をたてない。

下生えの熊笹を分けてゆく時も、風が葉を揺するほどの音しかしない。

なるべく枯れ葉を踏まず、木の根や石、土を踏んで歩くようにしている。

急がないが、ゆっくりでもない。

黒い、コンバースのバスケットシューズを履いている。

この方が、靴底が柔らかく、踏む土の感触がよくわかるのだ。

黒いジーンズに、黒いシャツ。

頭には、黒い野球帽を被って、白髪を中に押し込んでいる。

森の底は、ゆるい斜面になっている。

この下方に、天城岳高原カントリークラブがある。

もう少しゆけば、第一ホールのティーグラウンドが見えてくるはずであった。

その場所は、地図とネットの映像で確認してある。

第一ホールのティーグラウンドは、六階建てのクラブハウスの前にある。

前といっても、そこは、ティーグラウンドよりも少し低くなっており、その間にはかなり広い芝生が広がっている。

その芝生の中をアスファルトの小径(こみち)がゆるやかな曲線を描いて、ティーグラウンドまで上(のぼ)っているはずであった。

クラブハウスの建物のすぐ前は、アスファルトの広場だ。

その広場の中央に、直径が一〇メートルほどの円形の芝生があり、そのまん中に、一本の大きな欅が生えている。

その円形の芝生の周囲が、アスファルトの広場になっているのである。

クラブハウスの表玄関も、駐車場も、反対側にあって、関係者の車だけが、建物の左右いずれからも、このアスファルトの広場に入ってくることができるようになっているのである。

深雪と、大鳳か久鬼との交換のため、ルシフェル教団が指定してきたのが、そのアスファルト広場であった。

その広場からティーグラウンドへゆくには、アスファルトの小径の他に、石段がある。

カートを利用する者は、アスファルトの小径を使い、徒歩の者は石段を上る——そういう設計になっている。

このクラブハウスの正面に車で入るのには、ふたつの道がある。

ゴルフ場の横に、一本の道が〝く〟の字形に通っている。

その〝く〟の字の曲がった場所、外側にあたるところに、ゴルフ場のクラブハウスがあるのだが、その道は海へ向かって下る道でもあり、天城岳に向かって上ってゆく道でもある。

その道を上ってきた車は、クラブハウスの少し手前で左折すれば、正面玄関に出る。

下ってきた車は、同じくクラブハウスの少し手前で右折すれば、正面玄関に出る。

そういう設計になっているのである。

今は、売りに出されていて、無人のクラブハウスだ。

そのクラブハウスと、ティーグラウンドを見下ろすことができる場所へと、今、真壁雲斎は向かっているのである。

午後八時——

ルシフェル教団が指定してきた時間である夜半の十二時——午前零時までには、あと四時間ある。

その前に、現場の様子を見るため、雲斎はここまで徒歩でやってきたのである。

車は、遥か遠く——天城岳山麓の林道に停めた。

様子を見に出たのは、雲斎ひとりである。

山中で、仮に誰かと会ったとしても、雲斎ひとりの方が、対応に幅ができるからだ。

日本語が達者とはいえ、亜室健之は中国人である。

巫炎も中国人、ツォギェルはチベット人で、しかも狂仏(ニョンパ)だ。

尾まであるのである。

雲斎ひとりで動くのが、一番いい。

車を出る時——

「持っていきますか!?」

亜室健之が差し出してきたのは、拳銃であった。

中国製の、トカレフTT－3である。

ロシアで生まれた銃だが、中国でも多く生産し、日本にも多く入ってきている拳銃だ。

ヤクザが使用する銃の多くが、このトカレフだ。

「いらんよ」

雲斎は、そう言って、独りで出てきたのである。

乗ってきた車——ハイエースを停める場所までは、慎重に移動した。

途中、ルシフェル教団の者が、主要な道路に見張りをたてているかもしれないからである。

ハイエースは、レンタカーであり、足がつくものではないが、雲斎や亜室健之は面が割れている。

要所要所で、双眼鏡で見張りをたてていれば、その網に引っかからないとも限らない。

特に、伊豆高原駅あたりから、最寄りの道路に入ってゆけば、必ず見張りをたてていることであろう。

それは避けねばならない。

伊豆の東海岸沿いにゆく国道135号線を利用したのは、だから、宇佐美までだった。宇佐美で、右手へ折れて19号線で、山を上り、尾根を走る伊豆スカイラインの通る亀石峠へ出た。しかし、そこで伊豆スカイラインに乗らなかった。

伊豆スカイラインを南下して、111号線に出る道も、見張りのいる可能性があったからだ。

亀石峠から大仁へ下り、大仁から中伊豆へ出て、59号線を南下し、途中で右手へ折れて、そこからさらに林道に入って、天城岳の裏手の山麓でハイエースを停めたのであった。

そこから、雲斎は徒歩で、万三郎岳と天城岳の中間にある尾根を越えて、天城岳高原カントリークラブに向かって下ったのである。

雲斎の足で、今いる場所まで約四十分のコースだ。

ただ急ぐだけなら、もっと時間は縮められるが、尾根を越えてからは、少し速度を落としている。

携帯は通じないので、強力なトランシーバーを用意してきた。

ハイエースの屋根からは、ミニ気球でアンテナをあげているので、尾根の向こうとこちらで、電波を拾うことができるのである。

もしも、何かがあっても、車までたどりつけば、逃げることができる。

追ってくる者は、いずれにしろ車は使えない。

そこまでたどりつけば、車で逃げきることができる。

山の中では、逃げる方が有利である。

追う方は、夜でもあり、当然、どれだけ山や、追跡に熟練した者でも、追いきれない。相手の視界からいったん逃れてしまえば、まず逃げきることはできるであろう。

銃を持つのを拒んだのは、苦手だったからだ。

雲斎は、もちろん、中国に渡った時に、非合法で銃を撃ったことがある。

銃でねらわれた時、どうかわすか――そういう訓練をしたことがあるのだ。

銃を持ち、銃で撃ったことがなければ、相手の動きや、引き鉄(がね)を引く速度、心の状態などが、予見できない。

銃の扱いと、それを使う時の心の動きを知ってはじめて、銃への対処もできるのである。

その時に、試した感触では、自分には、銃を他の人間よりもうまく扱うことができるとの自信がある。

短い時間で、構え、撃ち、当てることもできる。

しかし、雲斎は、銃というものに馴染めなかった。

自分には、銃よりも、打撃を当てる方があっているらしい。

銃には、刀や槍(やり)、弓などの武器に比べ、非人間的なところがある。力の加減が利かない武器であった。

訓練した者が引き鉄を引いても、素人が引き鉄を引いても、弾丸は同じ速度、同じ貫通力をもって、眼の前にあるものを破壊する。

そのことが、雲斎には不思議であった。

なまじ、銃などを持つと、それに心の一部が囚われて、かえって反応が遅くなってしまう。

素手。

それに、多少の飛び道具ならば、身に忍ばせている。

ジャケットの内ポケットと、ジーンズのベルトに、それを忍ばせている。

そっちの方が、自分にはいい。

そして――

雲斎は足を止めていた。

すぐ向こうに、人の気配を感じたからである。

小さな話し声――

何人かの人間が、一〇〇メートルほど先にいる。

人影は――

雲斎は、眼を閉じ、息を潜めた。

ひとり……

ふたり……

さんにん……

三人だ。

ゆっくりと、これまでよりも慎重に歩を進めていくと――

いた。

そこで、森は終わっていた。

森が終わって、その先は、第一ホールのフェアウェイに向かって、熊笹が繁っている。その森と熊笹の群落との境目あたりに、三人の人影が見える。正確に言うなら、頭だ。

いずれも、熊笹の藪の中に腰を沈め、頭の一部だけが、繁みの上に出ている。

よく眼を凝らすと、寒さ対策のためか、三人はニット帽を被っている。

三人の肩の上から、それぞれ、棒の先のようなものが突き出ている。

ライフルの先端のようであった。

三人は、ライフルを肩にかけ、熊笹の中に身を潜めているのである。

雲斎は、三〇メートルほど離れた場所の森の際から、楓の樹の陰に身を寄せて、彼らを見ていた。

わずかな風に乗って、三人の声が届いてくる。

一部は日本語で、一部はドイツ訛りのある英語のようであった。

なんとか、時おり交わされるその会話の意味を、聴きとることができた。

まだ、四時間もあるぜ……

二時間くらい前からのスタンバイでもよかったんじゃないか……

二時間前だと、向こうが来ているかもしれないからな……


そんな会話が、ぼそぼそと低い声で交わされているのである。

ここからなら、充分ねらえるさ……

動いてないんなら、まず、当てられる……

麻酔銃でもし駄目だったら……

実弾だな……

そういう言葉も聴こえてくる。

雲斎のいる場所からも、クラブハウスの建物の影が見えている。

深雪との交換について、彼らが指定してきた場所は、その建物の前だ。

なるほど、そういうことか。

向こうにも、ライフル二丁、用意してあるからな……

八番目の獣が出てきても、なんとかなるだろう……

向こうというのは、どこだろう。

クラブハウスのどこかの部屋か、屋上か。

いずれにしても、彼らが充分な準備をしているのだとわかる。

彼らは、雪蓮の一族が、本気で、深雪と、大鳳か久鬼のいずれかを交換すると考えているのだろうか。

おそらく、考えてはいまい。

しかし、この話が、大鳳の耳に入れば——

事態はどう転ぶかはわからない。

大鳳に雪蓮の一族が説得されて、交換に応ずることはないにしても、何らかの手を打って、深雪を救い出しには来るかもしれないと、そのくらいは考えているであろう。

その場合には、その仲間の中に大鳳が加わっている可能性は高い——そこまでは考えているであろう。

だが、実際には、大鳳は、雪蓮の一族の元から姿を消してしまった。

彼らは、まだそれは知っていない。

もしかしたら、単独で、大鳳はこの場に現われ、深雪を救い出そうとするかもしれない。いや、しれないではない。大鳳はやる。雲斎の知っている大鳳ならば、必ずこの場に現われる。

深雪を救い出すことができぬとわかれば、自ら、彼らの手に自分の身を委ねて、深雪を助けようとするであろう。

しかし、その場合、彼らがすんなり深雪を自由にするとは思えない。

囚われている間に、深雪は、彼らのうちの誰かの顔を見ているであろう。ことによったら、彼らが、外に洩らしたくない情報を耳にしているかもしれない。

大鳳を確実に確保したら、彼らは深雪を解放せずに殺すかもしれない。

そこまで考えて、いいや、と雲斎は首を振る。

もしも、深雪を殺してしまったら、せっかく確保した大鳳が、おとなしくしているはずがない。

大鳳に言うことをきかせるためにも、深雪を解放したりはせずに、手元に置いておくであろう。

ほぼ、それは、確実であろう。

すると――

危ないのは、大鳳と深雪以外の者たちだ。

大鳳を手に入れるため、他の者の命を奪う必要があれば、ためらうことなく、彼らはそうするであろう。

大鳳と深雪を奪ったら――

すでに逃げる手はずは考えているであろう。

今夜、もしも銃撃戦となり、これが公の知ることとなったら、彼らも逃げにくくなる。

わかっていることは、ひとつだ。

それは、彼らも、雪蓮の一族も、何があったにしろ、自分たちの仲間の誰かが死んだとしても、わざわざそれを警察に告げたりはしないであろうということだ。

たとえ大鳳が、彼らの手に渡ったとしても、雪蓮の一族は日本の国家権力に助けを求めたりはしないであろう。

それは確かだ。

近くを誰かが通らぬ限り、銃声は他人には届かない。

一番近くの民家でも、聴こえようがない。

ここは、それほどに、他人の耳や眼からは遠い場所なのだ。

ここに至って、まだ、雲斎には迷いがある。

これを、公にすべきかどうかということだ。

今すぐ、誰にも相談せずに山を下り、警察に事情を話すのだ。

それが、確実に深雪を救い出すことに繋がるのなら、そうしたいところだ。

しかし、その保証がない。

大鳳にしろ、久鬼にしろ、この一件が片付いたからといって、もう、通常の高校生活に戻れるわけではない。

ふたりの将来については、おそらく、雪蓮の一族と共にゆくのが、一番よいのではないか。

彼らの血の秘密は、世界中の国家が、欲しがるであろう。

人が、その身体能力を極限以上に高める方法があるのだ。その力を自由にコントロールできる方法があって、その情報を独占できれば、軍事的には、他国よりもずっと優位に立てるのだ。

それだけではない。

その秘密の中には、人が歳をとらぬ方法——人類がこの世に誕生してからずっと求め続けてきた、不死についての情報も含まれているのである。

人が、永遠に生き、しかも肉体的若さを保つ方法があるとしたら、その秘密を独占できたら——その国家は、地球を支配することだってできるかもしれないのだ。

すでに、ルシフェル教団の他に、中国政府も、この件に参入してきているのだ。

これは、いずれ、アメリカの知るところとなり、他国の知るところとなるであろう。

そうなったら――

もう、雲斎の思考のおよばぬ世界の話となってしまう。

ただ、今は、深雪を救い出し、ここへやってくるであろうはずの大鳳を、ルシフェル教団の手から守ってやることに専念するしかない。

雲斎は、ゆっくりと、その場を離れはじめた。

森の中へと、もどる。

待機している三人の男たちと、充分な距離をとってから、雲斎は足を止めた。

この後の動きをどうするか、決めるためである。

何人かは、この場所に呼ぶ必要があるだろう。

ひとりは、車に残す必要もある。

目立つことをおそれて、車一台で来たが、別ルートでやってきた別動隊が、もう一台の車に乗って、中伊豆のコンビニの駐車場で待機しているはずであった。

ランドクルーザーに四人。

念のために、彼らをここに呼ぶ必要があるかもしれない。

その前に、ライフルを持った人間ふたりが、どこに潜んでいるかを確認しておく必要があるかもしれない。

おそらくは、建物の屋上であろうが、確認できるのならしておきたい。

問題は、大鳳が、どういう方法でここに現われるかだ。

できることなら、この場所に大鳳がやってくる前に大鳳を発見することだ。

そのためにも、ツォギェルは必要になるだろう。

ツォギェルは、人の耳には聴こえない高い波調の音を聴くことができ、自らもその音を発することができるからだ。

問題は、ルシフェル教団の中に、そういう能力を持った者がいるかどうかだ。

いずれにしろ、ツォギェルはここに呼んでおく必要があるだろう。

そこまで考えた時——

ふいに、雲斎は気がついた。

近くに誰かいる!?

それも、想像以上に近くに。

そして、自分が相手の存在に気づいたのとほぼ同時に、向こうも自分の存在に気づいたということだ。

その瞬間に、相手の気配が消えた。

雲斎もまた、瞬時に自分の気配を殺している。

相手は、おそろしく自分の気配を操るのに巧みな人間だ。

こうも、みごとに気配が消せるとは——

何故、これほど近づくまで、相手の存在に気づかなかったのか。それは、この相手が、上手に気配を殺して移動していたからだ。

自分もそうだ。

気配を絶っていた。

しかし、わずかな油断はあった。

気配を絶つレベルを、下げていたのである。

それこそ、百パーセント気配を絶つのであれば、そのことに集中しなければならない。身動きできなくなるし、呼吸にさえも気を遣わねばならなくなる。

心を乱すようなことも考えない。

ほぼ、死体と同レベルにまで気配を絶つというのは、そういうことだ。

相手もそうであったろう。

移動の時、音をたてぬようにどのコースをとるか、どの石を踏むか、どの木の根を踏むかを、一瞬、一瞬で判断しながら歩く。

どう気配を殺しても、身体を動かせば、わずかながら気配は洩れてしまう。

それでも、気配を殺すのに、巧みな技を持っている相手だとわかる。

これほど近づくまで、気配を覚らせなかったからだ。

雲斎が感じとった気配は、ごくわずかなものであった。

たとえば、密閉された二階建ての住宅があるとする。

二階にある子供部屋の窓が、ほんのわずか、〇・五ミリほど開く。

その時に、外と内とにわずかながら、気圧の変化が起こる。

その変化を、ほんの一瞬で感じとったようなものだ。

おそらく――

半径一〇メートル以内のどこかに、この気配の相手はいる。

誰か!?

動けない。

通常、互いに命をかけた闘いの最中であれば、こういう時は、気配を殺し抜く。先に気配を露わにして、居場所を知られた方が不利になるからだ。

そのためならば、一時間、二時間であろうが、一日でも三日でも気配を殺しあったりもする。

しかし、今は、それをしている時間がない。

焦った方が負けだ。

それは、わかっている。

今、どちらが焦っているか——

それは、おそらく自分の方であろうと、雲斎は冷静に判断した。

自分には、時間がないのだ。

ここで時間を潰したあげくに、居場所を知られるなら、それは、今でいい。

その方が、残った時間を有効に使えるからだ。

ならば——

こちらから、気配を放つ。

それも、強い気配をだ。

周囲に向かって半円球状に放つ。

幸いにも、ここは森だ。

生命の気配に満ちている。

気を放てば、木霊（こだま）のように、生体に触れた気の一部がもどってくる。

もしも、相手が、気配を〝抜け〟でやりすごせば、その木霊にわずかながら空白部が生ずることになる。

それで、相手の位置がわかる。

わかったら、その反対方向へ飛んで逃げる。

そのまま逃げるか、闘うかは、その時の判断でいい。

決めた。

決めたなら、迷わない。

気を溜めて、それを、周囲に向かっていっきに解き放った。

いた。

右手の方角だ。

　左手へ飛んで逃げ、大きな椎の幹の陰に走り込む。

　と——

「あんたか……」

　そういう声がした。

　知った声であった。

　雲斎は、幹の陰から出た。

　声の方を見やると、藪の中から人影が立ちあがっていた。

　宇名月典善であった。

「なるほどな。ここまで気配をみごとに操れる者がおるのかと感心していたのだが、それが真壁雲斎ならば納得じゃ……」

　宇名月典善は、わずかな笑みさえ浮かべずに、そう言った。

　それは、雲斎も同じであった。

　あの気配の主が、宇名月典善であるなら、さもありなん——雲斎も納得している。

　しかし、どうして、宇名月典善がここにいるのか。

「褒められたのなら、嬉しいね」

　雲斎が言う。

「少し、近づこう……」

　宇名月典善が言う。

「そうだな」

　雲斎もうなずく。

　意味はこうだ。

　声が充分届くとはいえ、会話をするには遠い。したがって、声が少し大きくなる。

　そうすると、誰かに聴かれてしまうおそれがある。もっと近づけば、小声で会話することができる。

そういう意味だ。

しかし、いきなり近づくのでは、相手がその動きを誤解するかもしれない。

近づくという行為は、攻撃の間合に入ろうとしていると思われかねない。

だから、互いに、近づきあおうということで意見が一致したのだ。

だからといって、どちらがどれだけ相手に近づくかは、大事な問題だ。

互いに近づきあう——ということを、攻撃のきっかけにしようとしているかもしれないからだ。

そう思っていなくても、近づきあうことで、闘いのきっかけになってしまうこともあり得る。

しかし、今、互いに了解しあっているのは、今ここで、闘う理由が見あたらないということだ。

それは、呼吸でわかる。

しかし、いつ、どういうきっかけで何が起こるかわからない。特に、宇名月典善という漢は、わからない。

それで、雲斎は警戒しているのである。

それは、典善の方も同じだ。

「おれからゆこう……」

典善がつぶやく。

「かまわんよ」

雲斎がうなずく。

「では——」

そろりと、典善が動く。

ゆっくりと、雲斎に向かって近づいてくる。

もしも、両方で同時に動きはじめたら、間合の中に入ってしまう可能性がある。

あと一歩で間合という時に、互いにそう思って半歩ずつ踏み出したら、間合に入ってしまうことになる。

だから、一方だけが動くことを、典善が提案したのである。

典善が、足を止めた。

雲斎が、このくらいであろうと考えていた、ちょうどそのあたりだ。

ぎりぎりの間合の外側だと、事故が起こりやすい。

間合には、二歩半ほどの距離がある。

「こんなところか？」

典善が問うてきた。

絶妙の位置といっていい。

「さて――」

と、典善がきり出した。

「ここに、あんたがいることの意味を、歩きながら考えていた……」

典善はつぶやいた。

「で、何か思いついたかな」

「真壁雲斎がここにいるということは、つまり、ここへ、大鳳吼か久鬼麗一か、そのどちらか、あるいは両方がやってくるということかな……」

鋭すぎる言葉であった。

「そういうことでもなければ、あんたがこんな場所にいるはずもない……」

「女の子を捜しに来たんだよ」

雲斎は言った。

そうだとうなずくわけにはいかない。

違うと答えたのでは、そうだと言っているようなものだ。

「いい答えだ……」

典善が言う。

典善は、小さく首を傾けてみせ、

「織部深雪……」

その名前を口にした。

「そうだよ」

「こんな山の中に?」

「たぶんね」

雲斎は、答えを曖昧にして、

「それよりも、こんなところに宇名月典善がいるということは、近くに久鬼玄造がいると考えていいのかな」

そう問うた。

ここで、初めて、典善が苦笑した。

「小田原と伊豆は近いからね」

言い終えると、典善の顔から、ようやく生じた表情らしい表情——苦笑が消えていた。

「お互いに、言えること、言えぬことがある……」

これは雲斎が言った。

「せっかく会うたのじゃ。言えぬことは腹におさめておくとして、言うてもよいことは、互いに口にしてもよかろうよ」

「それもそうだ」

雲斎はうなずき、

「では、あんたからだな」

そう言った。

「よかろうよ。言い出しっぺだからな——」

そう言って、典善は小さく息を吸い込み、そして、口を開いた。

「あんたとここで会うたということは、おそらく、我らの侵入経路は、それぞれ違うということだろうな――」

「たぶん……」

「クラブハウスの屋上に、三人いる。ライフルが――」

「二丁」

「知ってたのか」

「銃の数はな。ただ、そこがクラブハウスの屋上とまでは知らなかった」

「あんたの番だ」

「この先の、第一ホールのティーグラウンドを見下ろす藪の中に、三人いる。それぞれ、ライフルを肩にかけている。クラブハウスの前をねらえる距離だ。麻酔弾も用意している。最初は麻酔弾を使って、その後は、実弾を使うつもりらしい。保証はしないがね」

「ここから、下った海際の崖の上に、別荘がある。そこが、奴らのアジトだろう」

「織部深雪はそこに？」

「たぶんな」

「このこと、どうやら中国政府が嗅ぎつけたらしい」

「遅かったな」

「凄腕の、中国の息のかかった、荒っぽいのが何人か、日本に入っている。気をつけることだな」

「覚えとこう」

宇名月典善が、にいっ、と笑った。

「悦んでいるのか」

「どれだけ荒っぽいのか、楽しみだということだ」

性格が、どこか歪んでいる。

「隠すなよ、雲斎」

「何をだ」

「おまえもおれも、ようするに同類であろう――」

「何のことだ」

「仙道だの、円空拳だの、今の世でどれほどの役に立つものだ？　役に立たんよ。我らが身につけているものは、空然のものだ。常人にとっては、同じ人間に見えぬであろう。そういうとのあれもこれも、今の世にはいらぬものよ」

「――」

「せいぜい、見世物で、銭を稼ぐことができるくらいであろう――」

「見世物？」

「何かの試合に出るかね。わしらであれば、どの団体のどのような試合に出ても、まず負けることはあるまいよ……」

「――」

「超能力と称して、テレビにでも出て、銭を稼ぐか？」

雲斎は、答えず、黙り続けている。

「いずれもくだらん」

「――」

「我らが求めるのは、命がけの場よ。我らが身につけたこの術を、本気で使うその場よ。それが、ここにはある」

「本気で使う場がなくて、よかったと思っているよ」

「嘘をつけ――」

「本気さ」

「おれにはわかっているぞ。おれとあんたは同類だからな」

「迷惑だね」

「我らが身につけた術は、いずれ去る。この世から消える。我らの命と共にな。その前に、この技を存分に使ってみたいとは思わぬのか――」

「――」

「おれはな、かつて、当麻真玄流の馬垣勘十郎という漢と、命を懸けて、闘うたことがある。奴もまた、同じ思いを胸に抱いていたよ。至福の時であったよ――」

「――」

「奴もまた、同じ至福の時を過ごしたであろう。奴は、このおれに出会えて幸福であったろう」

「へえ……」

「雲斎よ、澄ました顔をするな。我らはな、いずれ、どこぞの道端で、ゴミのように死ねばよい存在よ。この世の中の陰に生きる、もののけや妖物と同じじゃ。それは覚悟せよ、雲斎」

雲斎は、じわじわと、退がっている。

しゃべりながら、典善が少しずつ前に出てきていたからだ。

「退がるなよ、雲斎」

「怖いからね」

「あんたが退がるから、追いたくなる……」

「ならば、前に出ぬことだな」

雲斎が言うと、

く、

く、

く、

と、宇名月典善が嗤い声をあげた。

「困ったなあ、雲斎」

「何がだね」

「あんたとやりたくなってきた」

「下品なくどき方だ」

「おれは、くどかぬよ」

「へえ」

「やりたい時は、くどかず仕掛ける」

「迷惑なやつだな」

「やりたいくせに……」

　まるで、夜、寝台の中で交わされる男女の睦言のような会話になっている。

「雲斎よ、勝手に仕掛ける」

「迷惑だ」

「かまわぬ。仕掛ける」

「やめてくれ」

「本気でゆく。殺すつもりでな」

　典善が、ぞろりと言ってのけた。

「仕掛けるから、逃げるか、おれを殺すかせよ。逃げたら、追わぬ。死んだら、追えぬ」

　中途半端な気持ちで逃げ切れる相手ではない。

「ただし、仕掛けるのは一度だけじゃ……」

「一度？」

「好きに判断せよ」

「なに⁉」

「感謝せよ。このおれが、仕掛ける前にそれを相手に教えるなど、めったにあることではない」

　その通りだと、雲斎も思う。

「ありがたいね」

　かろうじて、まだ、間合の外だ。

　しかし、逃げようとすれば、やられる。

　もう、二歩は距離をとらねば逃げきれまい。

　背を向けた途端に、やられてしまう。

　典善が、何か武器を投げてよこすなら、もう三歩は必要だ。

そして、身を隠す木立が。

逃げて、木立の陰に入って、飛んでくる武器をかわし、走る。

それをさせてくれるだろうか。

「音をたてるなよ、雲斎……」

典善が言う。

「やつらに、気づかれるからな……」

「悲鳴をあげるよ」

く、
く、
く、
と、典善がまた嗤った。

「あんたは、腹の中に刃物を突っ込まれたって、今は悲鳴をあげぬよ」

「あげるね」

「ふん……」

「ちびりそうだよ」

「おれが思うに、あんたはまだまだ知っていそうだ」

典善の顔から、どんどん表情が消えてゆく。

表情から、何を考えているのか読みとれなくなってゆく。

わずかな月明かりの中で、典善は幽鬼のようだ。

「仕掛けた後、もしもまだあんたが生きていたら、それを聞かせてもらおうか――」

「やだね」

「楽しめ、雲斎――」

「楽しめないね」

「これは遊びじゃ、雲斎よ」

「遊びで、命のやりとりをするか――」

すると、典善はにいっと、消えかけた蠟燭(ろうそく)の

芯にふっと灯が点るように笑って、

「遊びは、本気でやるからこそ、おもしろいのよ」

すうっと、その笑みが消えた。

また、もとの無表情になる。

半眼になった。

雲斎は、覚悟を決めた。

典善は本気だ。

それがわかる。

本気の宇名月典善を相手にする以上、こちらも本気にならねば、どういうやりとりもできない。

しかし——

一度だけ仕掛ける、とはどういう意味か。

蹴りなら蹴りを、一度だけ出してくるということか。

それを、かわすか、受けるかすれば、それで終わりというゲームか。

そんなことはあるまい。

勝負というのは、一度だけの蹴りですむはずもない。

相手をしとめるためには、種を蒔く。

いろいろな捨て技を途中に配置して、最後に決め技でしとめる。

その流れの中では、相手だって技を出してくるのだ。

ただの一度だけ、拳で打って、それでおしまいということなど、あり得ない。

典善は、飛鉄という、楔形の武器を持っている。

一度だけというのは、それをただ一度だけ投げてくるということか。

いけない。
これは、典善の術中にはまっている。
〝好きに判断せよ〟
その言葉に惑わされているのだ。
〝音をたてるなよ、雲斎……〟
典善は、そうも言った。
この自分を惑わせるための言葉だ。
注意や判断を分散させ、隙を作らせるために、そんなことを言ったのだ。
しかも、嘘ではないというところに、この言葉の怖さがある。
音をたてない――
それは、自明のことだ。
口にせずとも、互いにわかっている。
それをわざわざ口にしたというのは、惑わせるためだ。
真実と、すれすれの嘘だ。
もう、典善は仕掛けてきているのだ。
雲斎は、ジャケットの内側に、すうっと右手を入れた。
そして、内ポケットに指を入れ、そこで止める。
まだ、間合の外なら、この動作ができる。
間合の中なら、典善相手に、絶対にやってはいけない行為だ。
そこに、用意してきた飛び道具が入っているのだ。
指先に触れるものがある。
ふたつの飛び道具のうちのひとつだ。
いいぞ。
これで、典善の注意を分散させたはずだ。
いくら、無表情を装っていても、この動作の意味について、典善は考えねばならない。

何で、ジャケットの内側に手を入れたのか。

そこに、武器が入っているのか。

それともブラフか。

たっぷり時間をとって、その右手を引き出す。

拳にして、握る。

さあ、この拳の中に何が入っているのかわかるかな、典善。

何も握ってないかもしれないねえ。

右手を引き出すのと同時に、雲斎は、左手をジーンズのポケットに入れた。

さすがに、両手を同時にポケットに入れるわけにはいかない。

いくら、間合の外とはいっても、ぎりぎりだ。

典善は、それを見逃さないだろう。

手品師がやるのは、わざと右手を意味ありげに動かしてみせ、実は、身体の陰に隠れた左手で本当に重要な何かをやっている。

だが――

これは、左右の手の動きを、まるまる相手に見せているのだ。

左手を、ジーンズのポケットから引き出す。

ほら――

仕掛けてくるタイミングをはずしたよ、典善。

それは、好奇心からだ。

相手が何をしようとしているのか、それを見たかったんだろう。

左手も、拳だ。

まず、ゆるゆると、その左拳を持ちあげる。

わざと、ゆっくり。

急ぐと、始まってしまうからだ。

次に雲斎は、右拳を持ちあげる。

これも、ゆっくりとだ。

止める。

胸の高さで、ふたつの拳をゆっくりと前に出す。

肘は、完全に伸ばさない。

肘関節に、充分なゆとりをもたせておく。

掌は、上に向いている。

ただ、拳にしているため、手の中に何が入っているかは見えない。

さあ、この謎なぞが解けるかな。

典善は、あいかわらずの無表情だ。

死体と同じだ。

しかし、その無表情の中に、ほのかに光るものが見える。

典善が、悦んでいるのだ。

喜悦しているのだ。

次に動いたのは、典善であった。

典善が、懐に右手を差し込んだ。

ゆっくりと——

そして、差し込んだところで、止める。

典善の無表情が、笑っているように見える。

どうだね——

そういう典善の声が聴こえてきそうだ。

あんたの謎なぞに、こっちも謎なぞを用意したよ——

そう言っているようだ。

典善は、この遊びを楽しもうとしている。

雲斎もまた、これを、いつの間にか楽しんでいる。

馬鹿だな……

自分のことをそう思う。

こんなことをしている場合ではない。

典善の動きを待たずに、今、仕掛ければよかったのだ。
それを、待ってしまった。
好奇心からだ。
典善と同じだ。
しかし、しかたがない。
どうせ、避けられないのなら、楽しむしかない。
ただ、命がかかっている遊びだ。
典善は、懐に右手を入れたまま、こちらを見ている。
楽しいなあ、雲斎——
あんたは、おもしろい——
非情に、冷徹に、機械のように、闘いの時には動かねばならない。
これでは、ふたりとも冷静さを失ってしまった子供ではないか。
典善が、
仕掛けてこい——
そう言っている。
いつの間にか、立場が逆転してしまっている。
典善が仕掛けてくるはずであったのに、その順番が、変化してしまった。
雲斎が先に仕掛ける——そういう展開になっている。
これも、闘いの機微だ。
ならば、こちらからゆこうか。
上に向けていた左右の掌(たなごころ)を、雲斎は、同時に典善の方に向ける。
しかし、まだ、拳である。
したがって、手を開いていないため、中に何が入っているかはわからない。

笑う。

その笑みに典善の注意がわずかに向く。

その瞬間に、左手を開く。

何も入っていない。

それとほぼ同時に、つまり、一瞬遅れて右手を開く。

何も入っていない。

でも、開く寸前に、左手を開くのと同時にやっていたことがある。

右手に透き間をつくり、そこから、右手の中にあったものを落とすことだ。

その後に手を開いているから、手の中には何も入っていないように見える。

その時には、右足が動いている。

右手から落ちてきたものを、蹴ったのだ。

雲斎と、典善との間の空間に、きらりと銀色に光るものがあった。

それが、典善の顔に向かって走る。

典善が、右手を懐から引き抜いて、手に持ったもので、それをはじいた。

きん、

と金属音がして、光る鉄の玉が、地に落ちる。

パチンコ玉だ。

それを、典善が、懐から引き抜いた飛鉄で受けたのだ。

これで、典善が、ひと呼吸、遅れたことになる。

この間に、雲斎は、背を向けて走り出している。

走りながら、すぐ先の杉の幹の陰に入り込んでいる。

これで、典善から、飛鉄の攻撃を受けることはない。

そのまま、後ろも見ずに、走る。

典善が追ってきたとしても、追いつかれることはない。

逃げきった——

そう思った時、頭上で、音がした。

ちっ……

という微(かす)かな音だ。

何かが杉の葉に当たる音だ。

雲斎は、瞬時に足を止めた。

雲斎の鼻先をかすめ、真上から落ちてきて、地に突き立ったものがあった。

飛鉄であった。

なんと、典善は、飛鉄を上に投げあげたのである。

しかも、雲斎が走って逃げる速度と方向を、あらかじめ予想して投げたのだ。

もしも足を止めなかったら、脳天から、その飛鉄が、頭蓋骨(ずがいこつ)を割って、一〇センチは潜り込んでいただろう。

ぞっとした。

典善も、そして自分も遊んでしまった。

自分で言えば、典善の右手が懐に入ってゆくのを黙って見ていたことだ。

懐の中に飛鉄がある。

それを投げる時には、ふたつの動作が必要になる。

懐に手を入れることと、出すことだ。

出す時に、腰の位置を変化させ、それをそのまま投げる動作に変換することができる。

そのふたつの動作のうちのひとつを許してしまったことだ。

　しかし、ここまで正確に、上へ投げあげた飛鉄で、人をねらうことができるのか。

　気を操る――

　気で相手を制する――

　発勁（はっけい）――

　鬼勁（きけい）――

　それは、もちろん秘技だ。

　常人にできることではない。

　しかし、それは、所詮（しょせん）はただの技のひとつにすぎない。

　闘いという、人の肉体と精神がこの世に生み出す現象を、効率よくコントロールして、最終的に人に勝利をもたらすものがあるとしたら、それは、技ではない。

　別のものだ。

　それを、ぎっしりと持っているのが、宇名月典善なのだ。

　うっかり、自分は遊んでしまった。

　しかも、楽しんでしまった。

　今、この瞬間でさえ、この状況を楽しんでいる自分がいる。

　典善の言う通りであった。

　雲斎は、小さく息を吐いた。

　そして、歩き出した。

　通常の歩調で――

　典善にわかるように。

　すると、背後から、地を這う獣のような、低い、雲斎にだけ届く声が聴こえてきた。

「また、会おう……」

　会いたくなかった。

はずした。

2

それはわかった。

上に投げあげた飛鉄が、どれだけ飛んで、どういう角度で落下し、どういうタイミングで地に突き立つか、みんなわかっている。

それが、人の脳天に刺さる時のタイミングも、音も。

それにわずかに遅れて、人が地に倒れ伏す音も。

その倒れる音がしなかった。

つまり、雲斎はそれをかわしたということだ。

雲斎がどう逃げるか。

どういうコースをとるか。

どういう速度でそれを行うか。

それは、わかっていた。

雲斎が達人だからである。

達人だからこそ、今の状況に合わせて、最も確かなコースを逃げる。

だから、それに合わせて飛鉄を投げたのだ。

見きれなかったのは、木の枝だ。

投げあげるのは、なんとか木の枝を避けるコースをねらえるが、飛鉄が落下する時に、そのコースにどのような枝や葉があるかまではわからない。

風もあるし、樹の幹の向こう側まではわからない。

雲斎は、それをかわした。

上から落ちてくる飛鉄に、もう、意志はない。

ただの落下物だ。

投げた者の意が乗っているのは、飛鉄が描く放物線の頂点までだ。

だから、飛鉄に乗っている意を感知されたのではない。

あらかじめ、予測していたかどうか。

あるいは、頭上から落下してくる飛鉄が、葉にあたった音を聴いて、察知したか。

いずれにしても、真壁雲斎、並の相手ではない。

「ふん……」

宇名月典善は、闇の中で、その口元から笑みをこぼした。

雲斎の中に隠されていたものを、これで引き出してやった……

それがわかったからだ。

どれだけ隠そうと、押し殺そうと、人には隠しきれないものがある。

人間とは、この天地の中にあって、自然（じねん）のものだ。

鹿や熊、犬、猫、魚——

そういうものと同じである。

同じであれば、腹が減る。

飢える。

腹が減れば、喰いたくなる。

それは、自然のものだ。

それと同じものだ。

技を覚えれば、それを使いたくなる。

あたり前だ。

それは、食欲と同じものだからだ。

典善はそれをよくわかっている。

どれほど隠そうと、それは、肉の内部で蠢（うごめ）いている。

雲斎に、それを気づかせてやった……
そう思っている。
黒い、タールのような泥の底から手を伸ばし、雲斎の足首を摑んでやったのだ。
そして、雲斎を引きずり込む――
この場所に。
おれは、淋しいのか……
ふと典善はそう思う。
当馬真玄流、馬垣勘十郎……
あの男と闘った時の、天にも昇るような緊張感と至福。
あれをなつかしがっているのか。
もう一度、あれを味わいたいと思っているのか。
もう、あのような男には出会えないのかと思っていた。
しかし、いた。
真壁雲斎――
あの爺いを、今、自分のいるこの場所に立たせたいのか。
ずっと、独りだった。
自分は、太古から生きてきた恐竜の生き残りだ。
以前――
たまたま、そういう恐竜の生き残りと出会った。
それが、馬垣勘十郎だ。
自分以外の恐竜は、もう、絶滅したものと思っていた。
それが、真壁雲斎だ。
いたぞ……

典善は、にいっと笑う。
いた、ここに。
淋しくて、淋しくて、たまらなかった。
しかし、真壁雲斎という生き残りがいた。
おれを、独りにするな、雲斎よ……
そこで、典善は、音を耳にしたのだ。
真壁雲斎が、ゆっくりと歩き出す音だ。
やはり、生きていたな、雲斎……
そこで、典善は、声をかけたのである。
「また、会おう……」
そして、闇の中で、宇名月典善は、低く、小さな声で、
けく……
けく……
けく……
と、ただひとり、孤独に嗤ったのであった。

四章　鬼哭する獣

1

呂向文は、興奮していた。

こんなことがあるのか。

唸りながら、自室のモニターを眺めている。

そこに、コンクリートに囲まれた部屋が映っている。

そこに、ベッドがひとつ。

他には、ほとんど何もない。

そもそも、そこは、檻だ。

ライオンや虎を飼うための檻である。

そこに、ベッドを運び込み、その物体をその上に寝かせたのだ。

いや、その物体は、そこで寝ているのかどうか。

ただ、横になってはいる。

少なくとも生きてはいるであろう。

そのくらいしかわからない。

これは、奇跡なのか。

それとも、悪夢なのか。

たぶん、その両方なのだろう。

生命体であることは確かだ。

だが、これを、人間――いや、人類と呼んでいいものなのかどうか。

中国科学院上海分室の特種生命研究所――

名前はご大層だが、ご大層なのは名前だけだ。

予算などは、ほとんどないに等しい。

それでも、予算を使って、年に幾つかの報告書を出さねばならない。

もともとは、軍事利用を目的とした研究所だった。

しかし、やっているのは、アメリカのタブロイド紙とほとんど変わらない。

ネッシーはいるか。

雪男、イエティはいるか。

宇宙人はいるか。

そういうことを、大真面目に研究したのは、最初の五年間くらいだ。

いたら、それを軍事的に、どう活用できるかを検討する。

どれかが当たるかと思っていたが、どれも当たらなかった。

超能力の研究もやった。

アメリカの実験をまねして、ＥＳＰカードを作り、情報交換のできない環境下で、超能力があると言われる人間たちに、カードをめくらせた。

結果は、二枚のカードが同じになる確率は、自然におこるものと同じだった。

データが少ないうちは、高確率で一致することも時々あって、それには興奮したが、データが増えるにしたがって、必然的に、それは自然な確率の中に埋もれてしまった。

たとえば、違う場所に隔離したふたりの超能力者と称する人間にカードをめくらせて、同じカードをめくる可能性が十枚のうち、二二パーセントだったら、これは凄い。

普通は、一〇パーセントだ。

まずあり得ない。

回数を増やせば増やすほど、それは普通の確率に近づいてゆく。

だいたい、超能力者のやることは、優秀な手品師なら、自称超能力者よりもずっとスマートにやってのけることができるのだ。

しかし、確率がたとえ三〇パーセントであったとして、それを軍事的に利用できるのか——できない。

三〇パーセントの確率でしか命中しないミサイル、三〇パーセントの確率でしか的中しない情報、それを軍事利用したら、あっという間に敵国にやられてしまう。

しかし、予算をもらうためには、報告書を盛らねばならない。

現在やっているのは、超能力よりはもっと地道な研究だ。

深海の中で生きる生物が、どうやって生命を維持しているのか。

通常の細胞は、摂氏五十数度で死ぬが、百度に近い温泉の中で生きている生物もいる。

硫黄分が濃く溶けた環境で生きる微生物もいる。

南極の、氷の中で生きる生命もある。

あつかっているのは、そういうものだ。

それも、そういうことの専門の研究所から外に出してもいいネタをもらって、それをアレンジして、らしく盛った報告書を作成している——それが、今の現状だ。

自分を含めて、たった五名の所員が、なんとか給料をもらって生きてゆくためにはしかたがない。

しかし、これはどうだ。

あれは、どうだ。

人っぽくは見えるが、アメーバに手足がついたようなものではないか。

頭がその上にのっかっているだけのものではないか。

見た目はそうだ。

見ただけで、奇怪な生命体だ。

しかし、自分の見立てでは——

ここで、呂向文は、モニターを睨(にら)みながら、ごくりと唾を呑み込んだ。

あれは、たぶん、人間だ。

しかも、もしかしたら、千年——いや、二千年以上も生きている。

人間の染色体には、その両端に、テロメアと呼ばれる部分がある。

細胞が分裂する——つまりコピーが繰り返されることによって、コピーがだんだん不完全になる、あるいは傷つくことによって、テロメアがだんだん短くなる。これが、人に老化をもたらし、人は死ぬ。

だが、あれのテロメアは異常だ。

赤ん坊と同じようにぴんぴんしてまっさらなものもあるかわりに、すり減ってほとんど消えてしまっているものもある。

人の肉体に、同居するはずのないふたつの現象が同居しているのである。

人の遺伝子は、一日で、五十万カ所以上も傷がつく。この遺伝子の傷が、人に老化をうながすのだが、人の肉体には、この傷を修復するシステムがある。

たとえば、リボソームＤＮＡ遺伝子は、切れやすく、からまりやすい。

これを守るのが、サーチュイン遺伝子だ。

サーチュイン――一般的には、長寿遺伝子という名称で知られている。

NAD＋――という因子がある。

ニコチンアミドアデニンジヌクレオチドと呼ばれる因子だ。これが、サーチュインを活性化させる。

中国の、極秘の研究だ。

食べすぎると、この因子が減り、飢えるとこの因子が増える。

生まれつき、NAD＋が少ない人間は、ウェルナー症候群や、ブルーム症候群などと呼ばれる早期老化症になる。

子供の頃から大人のようになり、青年時には老人となり、五十歳くらいで老衰で死ぬ。


その逆とも言える現象だ。

こんな生命がいるのか。

テロメアが短くならない細胞が、実は人体にもある。

それが、赤血球やリンパ球を生み出す幹細胞だ。

しかし、この幹細胞にも、もちろん寿命はある。

長い時間のうちに、少しずつ傷つき、その機能が失われてゆく。

したがって、人は、どれだけ生きても、だいたい百十五歳までだ。

例外的に、百二十二歳まで生きたジャンヌ・カルマンというフランス人の女性がいるが、これは、例外中の例外だ。

しかし――

人は、どこまで生きられるか。

かつては、人の寿命は、六十五歳と言われていた時期もあった。

それが、八十歳になり、九十歳になり、百歳になり、百十五歳になった。

その都度、記録が更新されるたびに人の寿命が延びる。

結果論として、延びてきた。

しかし、永遠に延びるわけではない。

百二十三年以上生きた人の遺伝子は、この世に存在しないのだ。

だが、ここにその例外がいる。

自分のこの研究所にだ。

それを今、自分はモニターで見ている。

モニターで、というのは、それがおそろしく剣呑なやつだからだ。

サンプルだけとって、檻の中に入れたのだ。

こいつは、市民を五人、警官を八人殺して、十人以上に大怪我(おおけが)を負わせたあげくに、弾丸を十数発、身体に撃ち込まれたのだ。

それでも、こいつは生きていたのだ。

それだけではない。

なんと、こいつは、少しずつ元気になっているのだ。

傷が、だんだんと塞がってきているのだ。

檻の中に入れる時にも、

こつん、

と、こいつの身体から床の上に何かが落ちたのだ。

こつん、

こつん、

弾丸だった。

こいつは、体内に入った弾丸を、少しずつ排除しているのである。

そして、こいつは、檻の中に入れた時、何かをつぶやいたのだ。

人の名前だ。

女の名前と、もうひとり、なんとかという名前だ。

もう、思い出せない。

歯が、一本もない口でつぶやいたので、よく聴きとれなかったのだ。

それよりも何よりも、ぞっとして、こいつともう一秒でも一緒にいたくなくなったのだ。

そもそも、こんなやつが、これまでいったいどこでどうやって生きてきたのか。

謎だ。

最初は、乞食――物乞いだとみんなが思っていたらしい。

全裸の上に、布一枚の襤褸（ぼろ）をまとっていたという。

布というよりは、糸屑（いとくず）みたいになっている、得体のしれないものだ。汗と垢（あか）と埃（ほこり）で汚れ、髪はぼうぼうで、髭も伸びほうだい――その髪と髭は、一本ずつではなく、よれてからみあい、太い束になっている。

でかい糞か、腐った肉が、落ちていた布にからまれて動いていたようだったという。

それも、歩いていたのではない。

這っていたらしい。

足も手も使わず、蛇のように、身体をぐねぐねと緩慢に動かしながら、移動して、道端に落ちている食べカスや、リンゴの皮、捨てたガム、茶葉などを見つけては、喰っていたらしい。

繁華街のゴミや、飲み屋の近くの路上にあった、人の吐瀉物などを食べているのを見た人間もいたらしい。

なんと、こいつは、物を食べる時、手を使わなかったという。

地面に落ちているものを、そのまま、歯が一本もない口で、直接食べていたらしい。

修行僧だと思った——

そういう人間もいた。

インドなどにいるヨーガの行者は、さまざまな行を行なう。

どういう行を行なうかは、自分で決める。

たとえば、太陽を裸眼で見つめ続けるという行をする者や、ずっと一本の足で立ち続ける者、歩かない者、絶対に生き物を殺さぬ行を自らに課す者もいる。

太陽を見つめ続けた者は、すぐに眼がつぶれた。

一本足で立ち続けたり、歩かなかったりする行をした者は、肉体や骨が変形する。

そういう修行僧、行者が生きてゆけるのは、そのような聖たちを尊敬する者たちがいて、布施をするからだ。

金だったり、ものだったり、米だったり、果実だったり、さまざまなものを、インドでは、そのような行者に与えるのである。

こいつを、そのような修行僧だと思って、金を与えたり、食い物を与えたりする者もたまにはいたらしい。

ともかく、そのようにして、こいつは生きてきたのだろう。

こいつが、どうして、人を殺戮する獣となったのか――

きっかけは、女だったという。

田舎から出てきた女に、上海の裏社会の連中が、売春をさせていたというのである。

富裕層や、金のある観光客たちがホテルに泊まる。

夜に女が欲しくなる。

そういう客の注文に応じて女を手配する。注文には特別枠があって、客の好みに応じて、ほどのよい女を送り込む。

スカトロであろうが、ＳＭであろうが、ほとんど商品はそろっていた。

ただし、好みに合わせて値段が高くなる。

そして、スペシャル枠もあった。このスペシャル枠は、おそろしく値段が高い。普通の客には手が出せない。値段が桁違いなのだ。

死んでしまってもいい女を、提供するのである。

裏の仕事をしていれば、そういう女は、ほどほどには手に入る。

組織を裏切った女。

不始末をしてしまった女。

敵の組織の女。

家出をした女の中には、死んでしまっても、家族が捜さない者もいるし、絶対に足跡をたどれない女もいる。また、たどれないようにもできる。時には、家族や子供のため、自ら、高い金で死を志願する女もいるのである。

死体の処理までセットで金額が決まっている。いや、正確には、決まっているのはべらぼうに高いということだけで、客の懐具合や、その女の商品価値などによって、さらにさらに高くなる。

で、上海のあるホテルに泊まったある企業の金持ちが、そのスペシャル枠の商品を注文した。

この上客は、年に一回やってきて、そういう女を注文する。

お得意様だ。

これで、五回目。

この時の商品は、これまでで最高の値がついた。

まだ、十代の女で、田舎から上海に出てきて、まっとうな飲食店で働いていたのだが、組織の者が、川に死体を捨てるのを、偶然に見てしまったのだ。

男と一緒だったのだ。

細かいいきさつは不明だが、男はその場で死体と一緒に処分されて、女はそのまま組織の者に拉致されてしまったというわけだ。

死体を捨てるのを、その女は見ている。

自分の男が殺されて、同様に捨てられるのも見ている。

仕事中の男の顔も見ている。

女は、パニック状態だ。

男と一緒に始末されてしまうところだったのだが、いや商品として始末するほうがずっといいということになって、生かしたまま連れてこられたのである。

たいへんに美しく、見ただけでそそられる。

毎日、何人もの男たちにまわされて、この女が商品となったのは、三カ月後であった。

ホテルのその階は、貸し切りだ。

この貸し切りというのは、関係者で全ての部屋を普通に予約して、宿泊しているということだ。

全部でスイートが二十部屋。

二十一階――

いずれにしろ、あとで女の死体の処理をする人間などが必要であり、でかいビニールシートなども用意されている。

現場の処理をする人間や、見張り役などもいるから、部屋はそこそこ埋まるし、同じホテルは二度と使わないし、そもそもホテルを使うことは、めったにない。

だいたい、どこかの廃屋か、倉庫など、組織の息のかかった場所になる。

今回は、客が、その場所としてホテルを希望したため、そうなったのである。

組織は、何でもできるのだ。

その組織の名前は、毒牙（シャーヤ）といった。

2

毒牙――もとの名前は、蛇牙（シャーヤ）である。

一九〇〇年代の初頭から、一九一二年まで存在した盗賊団の名前だ。

一九一二年に、頭目をやっていた王洪宝（おうこうほう）という男が死んで、蛇牙はこの世から消滅した。

王洪宝、中国拳法の八卦掌（はっけしょう）の達人であったが、敦煌において、日本人武術家、馬垣勘九郎（かんくろう）と闘い、敗れ、自ら命を絶ったと言われている。

それが、一九一二年の冬だ。

その時、盗賊団のほとんどが死に、蛇牙は壊滅したのだが、わずかに生き残った者たちがいた。

その生き残りを集めて、再び組織化したのが、陳元孝（ちんげんこう）という男であった。

陳元孝、大谷（おおたに）探検隊と八卦掌の徐文強（じょぶんきょう）たちの手によっていったんは捕らわれたのだが、逃げ出して、もとの稼業にもどったのである。

かつての仲間に声をかけ、盗賊集団を組織化し、その名を毒牙としたのである。

王洪宝の盗賊団——正式には、〝毒蛇の牙〟という。

それを縮めて蛇牙（シャーヤ）としていたのだが、陳元孝は〝毒〟と〝牙〟の文字をとって〝毒牙〟としたのであった。

毒の文字であれば、本来毒牙（ドウーヤ）と発音すべきところなのだが、陳元孝が、以前の〝シャーヤ〟という発音を気にいって、毒牙と書き、あえて〝シャーヤ〟と発音させたのである。

その毒牙が、時代の変遷の中で生き残ったのは、陳元孝の組織の運営が巧みであったからだ。陳元孝は、毒牙の名を表には出さず、別の幾つもの顔や名前を持つ組織に分けた。そのことによって、リスクを分散させたのである。たとえば、Ａという組織とＢという組織の者が、実は自分たちが毒牙というひとつの組織のものであるということを知らない、という現象も普通にあったのである。

このことによって、どれかの組織が潰れてもどれかが生き残ることができたのだ。

これまで、毒牙は、多くの消滅の危機を乗り越えてきた。

文化大革命というたいへんな時代も、なんとか生き残った。

それも、これも、陳元孝の組織の運営手腕というか、経営手腕というか、それが優れていたからだ。

〝この世には、人が手を出せない存在がある〟

という考えが、陳元孝の行動原理の根にある理念であり、心情であり、哲学であった。

危険を察知し、そこから逃げる能力がずば抜けていたのである。

しかし——

陳元孝にとって、不幸だったのは、そのような哲学を自分の内部に持つにいたった原因——その存在と、長い時を経て再び出会ってしまったことであった。

発端は、ある大金持ちに提供された女が、ホテルの二十一階のベランダから、飛びおりてしまったことだ。

毒牙では、商売のひとつとして、もう死んでしまってもいい女を、特別な性的嗜好を持つ人間に、高い金で提供していたのである。

その女も、そうなるはずであった。

しかし、女は、自分の運命を途中で知ってしまったのだ。

不用意に、女を待たせていたホテルの部屋のドアの外で、組織の人間が立ち話をした。

女の運命について——

部屋の中に閉じ込められていた女は、その会話をドア越しに耳にして、自分がどうなるのかを知ってしまったのだ。

それで、二十一階の高さからベランダに出て、柵を乗り越えて、飛びおりたのである。

それを、毒牙の人間が見たのだ。

女の様子を確認するために、部屋に入った男は、ベランダに立っている女を見た。

直感的に、男は、女がそこから飛びおりようとしているのだということがわかった。

しかし、その時の男のやり方によっては、あるいは女は飛びおりなかったかもしれない。

毒牙も、無事に存続できたかもしれない。

が――

男がやったのは、

「何をする気だ!?」

叫ぶことであった。

ホテルの大きな窓の向こうには、上海の夜景が広がっている。

ドアを開けて入った時に、その光景が見えるようになっているのだ。

その夜景の手前、ベランダに女が立っているのを見て、男は、気が動転してしまったのであろう。

女は、客の趣味で、白いウェディングドレスを着せられていた。

そのドレスの裾が、高い場所を吹く風になびいていた。

「やめろ！」

男は、窓に向かって走ったのである。

女は、それを見ていたのだ。

まさに、男が、ベランダに出ようとしたその寸前、女は、柵を乗り越え、その向こうへ身を投じてしまったのである。

白いウェディングドレスの裾が、風の中にふわりと広がるのを、男は見た。

男は、ドアを開け、

「女が飛びおりたぞ！」

廊下にいた仲間に向かって叫んだ。

二十一階は貸し切りだったから、叫ぶことができたのだ。

すぐに、下におりて、女の死体を回収しなければならない。

誰にも見られないうちに。

そうでなければ、たいへんなことになる。もう三十分もすれば、お客もやってくるのである。

まず、三人で、階下まで駆け下りた。

実際には、エレベーターで降りたのだが、エレベーターの中では足踏みしていたので、駆け下りたも同然だ。

ロビーは速足で通り過ぎ、走ったのは外に出てからだ。

幸いにも、部屋の窓は、ホテルの裏手にあたり、人が少ない。

ホテルを囲む庭があって、道路と庭の境に槐（エンジュ）の樹が植えられていて、外からの視界を防いでいる。

窓の下は、植え込みになっていた。

灌木（かんぼく）が植えられていて、人の歩ける歩道が槐と灌木との間にあった。いずれにしろ、ホテルの敷地内である。

三人が、窓の下に向かって走ってゆくと、ちょうど、窓の下あたりの植え込みの中に、白いものが見えた。

女が着せられていた白いドレス——

その前までやってきて、男三人は、そこで足を止めた。

仲間を待つか、それとも女の様子を見にゆくか——

仲間を待つ、というのは、おっつけ、仲間の者が何人かやってくるからだ。女をこのホテルまで運び入れた、でかいトランクを持って——

まずは、そのトランクに、女の死体を入れねばならない。

そこらに飛び散っているはずの血や、場合によったら脳漿（のうしょう）などを始末する必要もある。

その段取りを、男は、素早く頭の中で考えている。

が――

「動いた」

男の後ろにいた者が、声をあげた。

なに⁉

男が、その白いもの――女の死体であるはずのものをあらためて見た時、それが、もぞりと動いたのである。

――生きている⁉

男はそう思った。

高さ、八〇メートル余り――

そこから落ちたら、まず、人は助からない。

死ぬ。

しかし、その白いものは動いている。

それは、女が生きているということか⁉

あり得ない。

だが、よく、テレビなどで、ビルの高いところから落ちた人間が助かったということがニュースになったりする。よくあるのは、それが子供で、落ちたところが、ビル下の植え込みだったりするというケースだ。

植え込みがクッションになって、落ちてきた者の命が助かったという話は、時おりある。

怪我を負わなかったケースや、大怪我はしたものの命は助かったというケースもある。

そういう珍しいが、時おりはあるケースが、偶然に今日、ここで起こったのかと男は思った。

しかし、その白いもの——女の死体であるはずのものの動きが、妙であった。まるで、自らの意志を放棄してしまったような動きでもあった。

もぞり……

もぞり……

奇怪な動きであった。

まるで、意志の感じられぬ動き。

通常、人が動く時には、そこに、意志と秩序がある。ものを手に取る動き、歩く動き、走る動き、それには、何らかの意志——言いかえれば肉体のシステムとしての動きがそこに存在する。

たとえば、あくびやくしゃみ——この行為には、意志がなくとも、目的がある。あくびは酸素を体内に入れるため、くしゃみは鼻の中に入った微細な異物を排除するため。

そういう目的のために、人の肉体に存在するシステムが働くのだ。

しかし、今見ている動きには、そういうものが感じられないのだ。

その白いものに、じわじわと広がってゆくのは、血だ。

その白いものが、赤く染まってゆく。

街灯や、建物の窓からの灯りしかないので、真紅には見えず、赤黒く見えるが、それは間違いなく血であった。

その白いものが、持ちあがってきた。

女の背だとわかる。

植え込みの中に隠れて見えなかったもの、肩、腕、足、そして、首……

しかし、それはどう考えても、女の自由意志による動きではなかった。

さらに、女の死体が持ちあがってきた。

腕はだらりと下がり、どこかで折れているらしく、手首の向きがおかしい。

そして、首。

その首も曲がっている。

頭が割れていて、眼がひとつ飛び出してぶら下がっている。

女の下に、何かがいた。

その何かが動いているために、その上にのっている女の死体が動いているのである。

じゅくじゅく、

というやな音。

しゅうしゅう、

という不快な音。

がくん、と女の首が揺れる。

それが、植え込みの中に立ちあがってきた。

ただの物体と化した女の身体が、それの上を、植え込みの中へ滑り落ちてゆく。

「こ、こいつ……」

男の横に並んでいた仲間がつぶやく。

「なんだ、知ってるのか⁉」

「昨日、ホテルの近くを這って物乞いをしていたやつですよ」

おそろしく痩(や)せさらばえた身体に、襤褸屑(ぼろくず)のような布が肩から引っかかっている。それが、その物乞いが身につけている服らしかった。

白髪が、まばらに生えている。

一本ずつが長い。

顔は皺だらけだ。

眼がどこにあるかわからない。

額と頭頂部の肌が、ほとんど毛がないために丸見えだ。その肌に、かさぶたであるのか、シミであるのか、カビであるのかわからないようなものが浮き出ている。

　皺の透き間の奥に、光る緑色の点がふたつある。

　どうやら、それが眼であるらしい。

　その物乞いの顔は、女が流したと思われる血を浴びて、赤くなっている。その血が顎から滴(したた)り落ちている。

　その顔の皺の上に、脳漿と思われるものが、点々とくっついている。

　肩、腹、腕——顔以外にも血が飛び散っている。

　植え込みの中に潜り込んで、この物乞いは、おそらく眠っていたのであろう。

　その上に、女が落ちてきたのだ。

　その女の血を、この物乞いが浴びたのだ。

　しかし、それなら、この老いた肉塊であるこの物乞いの老人にも、ダメージが残っていなくてはならない。

　しかし、そのダメージがないように見える。

　そして、奇怪なことに、老人の肌に付着した血が、泡だっているのである。

　まるで、沸騰しているかのように、じゅくじゅくと音をたてているのである。しかも、見ているうちに、その血の泡が減ってゆくのである。

　血を、老人の肌が直接吸収しているように見えた。

　顔にも、腕にも、腹にも、血を浴びたところ全てに、その現象が起こっている。

　そこへ、遅れて四人が駆けつけてきた。

　ひとりは、大きなトランクを引いていた。

ひとりは、巨大なビニール袋とガムテープを手にしていた。
もうひとりは、大量のタオルを抱えている。
女の死体をビニール袋の中へ入れ、トランクの中に入れる。飛び散った血をタオルで拭きとって、一緒にトランクの中に入れる。
あとは、大量の水を現場に撒いておけば、なんとかごまかせる――そう考えているようであった。
ただ、誰かにこの現場を見られなかったらの話だ。
だから、急がねばならない。
なのに、今、その作業にとりかかれず、奇怪な老人の出現に、男たちは逡巡しているのである。
「構うな、女の死体をまず始末するんだ」
そう言われて、前に出ようとしたのだが、ビニール袋を持った男は躊躇した。
植え込みの中に、足を二歩踏み込んだところで、足を止めてしまったのである。
その老人の口から、
しゅうしゅう、
という呼気が出ていたのだが、その音がふいに変化したからだ。
じゅう、
じゅるる、
じゅじゅじゅじゅ、
口の中に、何か引っかかっているような音だった。
ぞぼっ、
ぞぼぼぼぼぼ、
ぞぼぞぼぞぼぞぼ、

吐き気を催すような音であった。

何かが、喉の奥に詰まっているような音だ。それが詰まっているために、呼吸がうまくできないようであった。

そして、老人の口から、喉と口の中に詰まっていたものが、勢いよく吐き出されてきた。

ぞばっ、
飛び出すように、血と涎の混ざった飛沫と共に吐き出されてきたのは、長い舌であった。真っ赤な舌が、口から三〇センチ余り下——腹の上まで垂れ下がった。

「ひっ」

ビニール袋を持った男は、声をあげた。

げっ………

と、老人が哭いた。

げっ……………

げるるる………

血の池の泥の中に棲む巨大な爬虫類がいたとしたら、このような声で鳴くであろうか——

男たちが、動きを止めている。

「行け、死体の始末だ」

男が叫ぶ。

その声が震えている。

「行けっ」

ふたりの男が、植え込みの中に足を踏み入れる。

女の死体の腕を、ひとりの男が摑んで、引いた。

ずるり、
と、女の死体が動く。

その瞬間に、ぞっとするような速度で老人が動いた。

いきなり、蜘蛛（クモ）のように女の死体に全身で飛びついたのだ。

その動きは、自分の獲物を、他の動物にさらわれぬように守ろうとする肉食獣のようであった。

そして、その老人は、女の腹に、かぶりついたのである。

ぞぶり、

音がした。

その音を、そこにいた者全員が耳にし、そして、全員が、それを見たのである。

何を見たのか。

老人の左肩がぱかりと割れて、そこに、口が出現したのである。

その口が大きく開かれた。

内側に、びっしりと白い歯が並んでいた。

獣の顎（あぎと）だ。

その顎が伸び、しがみついた女の腹にかぶりつき、その肉を噛みちぎったのである。

本来の頭部は、天に向かって喉を垂直に立て、月を睨み、大きく口を開いていた。

ひゅいいいいいいいいい……

その口から、高い声が伸びた。

ひゅるるるるるるるるる〜〜〜〜

あるるるるるるるるるる〜〜〜〜

美しい、澄んだ声だ。

思わず、聴きほれて、うっとりとなってしまうような。

その声に、我を忘れたのか、恐怖のため動けなかったのか、女の腕を握ったままだった男が、最初の犠牲者となった。

ふいに、老人の左腕が伸びたのだ。

蛇のように伸びた老人の右手が、女の腕を握っていた男の左腕を摑んだのだ。

「うげえええっ！」

その男は、悲鳴をあげて、女の腕を握っていた手を離して逃げようとした。

しかし、逃げることはできなかった。

男の腕を、老人の右手が喰っていたからである。

ごりっ、
ごつん、
ごつり、
歯が、男の腕の肉と一緒に、骨までを嚙み切る音だ。

老人の右手もまた、獣の顎（あぎと）と化して、男の腕を貪りはじめた。

たあん！

銃声があがった。

腕を喰われていた男が、悲鳴をあげながら、それでも上着の下から拳銃を引き抜いて、老人を撃ったのである。

たあん！

たあん！

全部で三発。

ねらいははずしようがない。

三発全弾が、老人の身体にめり込んだ。

三発で止まったのは、老人が、摑んでいた
——つまり食べていた男の左腕を持って、男の身体を、大きく振りあげたからである。

おそるべき腕力であった。

男の後頭部が、ホテルの壁面に打ちつけられた。

それも、おもいきりだ。

頭蓋骨の割れる音がした。

それで、おしまいではなかった。

二度、三度と頭が打ちつけられると、途中からは、もう、濡れた雑巾を打ちつけるような音しかしなくなった。

いずれにしても、即死であったろう。

たあん！

たあん！

たあん！

続けざまに、銃声が響く。

全弾が、老人に命中した。

それでも、老人は、女の肉を喰うのをやめなかった。

肩から出現した顎（あぎと）が、女の腹の中に潜り込んで、そのはらわたを貪っているのがわかる。

そして、目に見えてわかるのは、食事中の老人の身体が膨らんでくることであった。

痩せさらばえて細かった身体に、肉がついてくるのである。

白かった髪が、黒くなりはじめていた。

しかも、その本数が増えている。

ぞろり、

ぞろり、

と、髪が束になって生えてきた。

何発もの弾を被弾しているはずなのに、老人はますます元気になってゆくようであった。

肩から生えていた顎（あぎと）が、女の腹から出てきた。

血まみれだった。

そこには、眼、鼻、までもが出現していた。

それは獣の顔になっていたのである。

あひいる！

老人の左肩が哭いた。

あひいる!

あひいる!

「ば、化物だ」

最初に、ここまで駆けてきた男が言った。

そこに、車椅子を押されてやってきた者がいた。

スーツを着た老人——毒牙(シャーヤ)のトップに君臨する陳元孝であった。

髪が一本もない。

今年、百数歳になっているはずの人物であった。

今夜のお得意さまであるお客がきたら、挨拶をするつもりで、ホテルまでやってきたのだ。

入口をくぐろうとして、部下と出会ったのだ。

その部下の様子がおかしかったので、部下に車椅子を押させて、ここまでやってきたのである。

その時、物乞いの老人は、そこに仁王立ちになっていた。

顔に、鱗が出現していた。

背には、何枚もの羽——翼が生え出していた。

翼は、対となって、空を飛べるようなかたちになっていなかった。

背のみでなく、身体のあちこちからでたらめに翼が生え、それを同時に打ち振っても、空に飛びあがれるとは思えなかった。ばらばらだ。

全身に、黒い獣毛が生えていた。

尾骶骨のあたりから、尾が伸びていた。

「なんだ!?」

男が言った時——

その横に車椅子が並び、

「見た……」

陳元孝が、そうつぶやいた。

「え!?」

「おれは、かつて、これと同じものを見たことがある……」

「な、何を言っているのですか!?」

「数十年前だ。七十年、いや、八十年は前になるか……」

「――――」

「冬の敦煌で……」

あひいる!

老人が哭く。

あひいるっ!

あひいるっ!

すでに、老人でなくなったものが、咆(ほ)えている。

でろん、でろんと、長くなった舌が揺れ、めくれあがり、巻かれ、伸びる。

口から血がほとばしる。

全身のあらゆる場所に、顔のような、顎(あぎと)のようなものが出現し、

あひいるっ!!

ぐちゅ、ぐちゅ、

ぎ、ぎるるるる、

ごる、ごるるる、

げっ、

ケッ、

くちゅくちゅくちゅ、

ゲちょゲちょゲちょ、

一斉に声をあげはじめた。

誰かが通報したのであろう。

パトカーのサイレンの音が、近づいてくる。

一台や二台ではなかった。

「逃げよ!」

陳元孝は叫んだ。

「逃げよ、散れ。こいつを相手にしてはならん」

遅かった。

陳元孝は、もっと早く気づき、もっと早く同じ命令を叫ぶべきだった。

ゲアッ！

ぎるるる！

ゴッ！

ごへっぷ！

あひいる！

ジひゃジひゃっ!!

幾つもの獣の口が、同時に叫んだ。

妖物、というより、昆虫、いや蜘蛛のような速度で、それが動いた。

一番近くにいた次の犠牲者に飛びかかっていたのである。

飛びかかられた男は、歩道の上に倒れた。

その姿が、たちまち見えなくなった。

老人だったものが、その上に覆い被さって、横に広がり、その犠牲者を包んでしまったからである。

たあん、
と、くぐもった音が、そいつの内側から響いてきた。

獣の肉塊の下で、犠牲者が拳銃から弾丸を発射したのだ。

その音は、一度だけだった。

近くにいた男が、至近距離から、老人だったものに、弾丸を撃ち込んだ。

二発が命中した。

しかし、効いたのか、効かなかったのか、わからない。

「馬鹿！」

陳元孝は言ったのだが、これも遅かった。

不気味に蠢動していた老人だったもの、、の背から、ぎゅうんと、手のような、腕のようなものが伸びた。

その先端が、弾丸を発射した男の顔に張りついた。いや、摑まれた、と言ってもいいかもしれない。

手だか指だかわからないが、そういうものにその男の顔が包まれていた。

飛び出した瞬間は、腕のように見えたのだ。

その先端に指のような突起があったため、手のようにも見えたのだ。

しかし、男の頭部を摑んだ瞬間、指と指が溶解するようにつながり、それは肉の膜のようになって、男の頭部がその内側に包まれて見えなくなってしまったのである。

男は、手足をばたばた振って、もがいた。

両手で、顔を覆っているものを摑み、引きはがそうとした。

引きはがせなかった。

指が触れるそばから、触れた部分に顎が生じて、喰われてしまうのである。

んもももぶぶぶ……

肉の膜の中で、男の叫ぶ声が聴こえる。

息ができなくて苦しいのか、それとも頭部を喰われて痛いのか、あるいはその両方なのかわからない。

そいつの肉の表面は、絶えず動いている。

食べた男の肉や骨や血や歯が、その内側を通って、本体のほうへ送り込まれているのが見えるのである。

おそろしく不気味な光景であった。

悪夢の中でもお目にかかれない。

そもそも、悪夢の中にはこれだけのディテールがない。

腕や、男の頭部を包んだ肉の膜の表面には、絶えず獣毛が生えたり、鱗が生じたり、それが消滅したりする現象が繰り返されている。

どさり、
男の身体は歩道の上に落ちた。

首がなかった。

その首のない死体の上に、頭部を食べたばかりの〝腕〟が襲いかかる。

同時に、もうひとりも、すぐ向こうで老人だったものに、喰われていた。

かろうじて、陳元孝が無事だったのは、ほとんど動かなかったからだ。

このおそろしい光景を、睨むようにただ見つめていたのである。

その眼には、狂気の色が浮かび、それは、恍惚の表情のようにも見えた。

パトカーのサイレンが止まり、警官が駆けつけてきた時には、老人だったものは、初めの三倍くらいの大きさに膨らんでいた。

そして――

警官たちは、さらに、新しい食事を、その老人だったものに提供することになったのであった。

3

呂向文は、モニターのある部屋から出て、地下の檻のある部屋へ入っていった。

ひと部屋の半分が、檻になっている。

中間に、太さ三センチの鉄棒が、天井から床まで繋がっている。四センチ間隔でその鉄棒は並び、上下でいうと、五センチ間隔で直径一センチの鉄棒が横に渡してある。

中央に、二メートル四方の出入口があるが、もちろん、それは固く閉じられていた。

ちょっと見ただけでは、どちらが部屋で、どちらが檻か見当がつかないが、人間仕様のドアが壁についているほうが、人間のための部屋だ。

そちらには、テーブルがひとつ、椅子がふたつあった。

テーブルにはパソコンが一台。

テーブルの前に椅子がある。

その椅子に座って、パソコンと檻のほうを、交互に見ているのは、白衣を着た、四十歳くらいの女性であった。

童芽衣(どうめい)――

それが、この女性の名前だ。

「どうだね……」

後ろ手にドアを閉めて、呂は童芽衣に訊ねた。

「今朝からは、四・三五キログラム、体重が減っています」

ライオンや、虎を載せるベッドだ。

自動的に、その上にあるものの重さを量ることができるようになっている。

「排出されたものの重さは、弾丸を含めて、この一日で、三・七キログラムです」

「弾丸は、何発だ？」

「今朝からは、二発出ています」

「今日で、六日目だったかな」

「13号が発見されてからですか」

13号というのは、この檻の中にいるやつの名前だ。名前がわからないので、この番号で呼んでいるのである。

「ここに来てからだ、わかるだろう」

呂は言った。

ややあって、

「はい」

童芽衣がうなずく。

わかっているなら訊くな――

少しあった間は、その言葉を呑み込むための間だ。

「血液サンプルは?」

「十時間ごとに、とってあります」

「排出物のサンプルは?」

「もちろん、とってあります」

今、ベッドの下の床には、老人から排出されたものが、わだかまっている。

何度か掃除をしたが、臭いが凄まじい。

今、ここにいる時でさえ、たまらない臭いが鼻を突く。

排出物――とあえて言っているのは、老人の身体から出てくるものが、どこから出てくるものなのか、わからなかったからだ。

尻の穴――肛門から出てきたものなら排泄物だ。

口から出てきたものなら、吐瀉物。

汗腺から出てきたものなら汗。

眼から出てきたものなら、涙。

鼻から出てきたものは――

耳から出てきたものは――

どこから出てきたのかわからない。

それぞれ、サンプルをとっている。

最初に話を聞いたのは、七日前だ。

得体の知れない化物がいるから、引きとって、こいつが何者かを調べてほしい——

そういう連絡を警察から受けたのだ。

警察が、こいつを手に入れたのは、八日前だという。

あるホテルから通報があって、出かけていったら、この化物がいた。

何人も人を殺し、何発も銃弾を受けて、まだ生きていた。

警察が、発砲していると、ふいに、こいつは動かなくなったのだという。

しかし、こいつはまだ生きていた。

人とは呼べない生き物だ。

何が何だかわからなかったが、

「隠せ」

何を思ったのか現場にいた責任者が、そう言ったのだという。

こいつがいったい何だかわからないが、とにかく隠したほうがいい——そういう判断が働いたのであろう。

色つきのビニールシートで、こいつを包んだ。

その時で、こいつは、体重がおよそ人の三人分——二〇〇キロ近くあった。

身体中から奇形の歪（いびつ）な手足が生え、牙の生えた口が、そこら中に不規則にあった。

こいつを見たのが、ほぼ毒牙（シャーヤ）の連中で、見た者のほとんどが死んでいた。警察の人間も同様で、いわゆる一般人に被害は及んでいない。

しかし、警察署長が、呂に言ったのは、

「警官以外は一般人——つまり、毒牙の連中も一般人ということだ」

そういう言葉であった。

一般人被害者の全てが、警察が以前から追っていた毒牙の連中であったことが、事態を隠すのに幸いしたのである。

死んだ、毒牙の犠牲になった女は、ホテルのベランダから落下した時の衝撃で死んだのであって、こいつに殺されたのではないということになったのだ。

この商品を注文したお客も、毒牙の連中も、ほぼ全員が逮捕された。

ただ、後のことで言えば、毒牙の頭目、陳元孝の行方だけがわからなかったのである。

しかし、それは後の話だ。

警察署長は、おおいに困った。

こんな怪物を、警察病院にも入れられないし、人目につくようにもできない。

関係者には固く口止めをした。

とてつもないことが起こったことだけは、現物を見ても、こいつを見た毒牙の連中から話を聴いてもわかる。

ビニールシートに包んだまま、地下室に入れた。

これは、北京に連絡をせねばならない案件であると判断し、ただちに北京に連絡をとった。

写真も送った。

はじめは、信じてもらえなかった。

「くだらん話をするな」

「適当に処理しておけ」

言われることは決まっていた。皆、面倒を持ち込まれたくなかったのだ。出世に響くからである。

「ならば、自分はどうしたらいいんですか——」

泣き声で言った。

そうしたら、

「中国科学院上海分室特種生命研究所に放り込んでおけ——」

そう言われたのである。

それで、こいつは、呂向文のところへ届けられ、今、地下室にいるというわけなのである。

「こいつは、おれを変えてくれるぞ」

呂は、童芽衣に行った。

「こいつは、とてつもないやつだ。今は、こいつが恐ろしくて、近づけないが、今、こいつのために特別室を用意しているからな」

こいつに、できるだけ安全なかたちで触れることができるような、装置。

強化ガラスの外側から、マジックハンドと、安全なゴム手袋で、こいつに触れたり、メスを入れたり、いつでも自由にサンプルをとって研究できる場所。

そこへ運んで、こいつを研究する。

そして、不老不死の秘密を解き明かしてやるのだ。

それができれば、

——ノーベル賞だって夢じゃない。

こいつが、おれを、もっと高い場所へ、もっといい場所へ、運んでいってくれるのだ。

その時——

キン……

という音がした。

こいつの身体から、拳銃の弾丸が外に押し出されて、床に落ちたのだ。

なんという、凄い生命力だ。

呂向文は、わくわくしていた。

こらえきれぬ笑みを噛み殺すように、上下の歯を噛み合わせた。

こん、
こん、
と、ドアにノックがあったのはその時だった。

上の研究室から、誰かが下りてきたのかと思ったのだが、返事をする前にドアが開いた。

見知らぬ男が立っていた。

眼が細い。

スキンヘッドだ。

「お疲れさまです。呂博士」

男が、入ってきた。

その後ろから、四人の男が入ってきた。

そのうちのふたりが手に持っているのは、アーマライト社のマシンガンだった。

中国製のものではなく、アメリカ製のマシンガン。

「なんだね、きみは――」

その質問に、男は答えなかった。

檻に歩みより、

「ははあ、こいつが件の化物ですね」

調子の軽い声で言った。

「いやあ、この案件は、あっちこっちたらい回しされて、我々のところに来るまで、四日もかかってしまいましたよ」

「我々？」

「知らなくていいですよ。知ったら、御家族が悲しむことになりますからね」

「な……」

「猛宗元といいます。名前くらいは言ってもいいでしょう。偽名ですから――」

　呂向文を歯牙にもかけない口調だった。

「これは、今日から我々が預かります。国家の最高の意思決定機関が決めたことです。この意味がわかりますね」

「わ、わかる……」

　誰にも言わない。

　みんな忘れる。

　これを、なかったことにする。

　そういうことだ。

　さっきまで頭の中にあった薔薇色の夢も――

　出世も――

　みんな。

　その時、
　きいいいい……

　という声が聴こえた。

　低い、小さな、夜半に、床下で鼠が歯軋りするような声だ。

　きい…………

　きいいい………

　檻の中からだった。

　ベッドの上で、化物が哭いているのだ。

　哀しい声であった。

　聴いているだけで、身体が震え、涙がこぼれ出してくるような……

　きい…………

　きいい…………

　きいいい………

　聴いていると、胸が締めつけられ、何とも言えない感情が込みあげてくる。

　絶望の、底の底、未来永劫抜け出すことのできない汚泥の中から、ふつふつとこぼれ出てくそれは、赤須子(せきしゅし)の、三千年にわたる、慟哭(どうこく)の声であった。

る、深い、悲しみの声だ。

「鈴(りん)れ、い…………」

声が聴こえたと思ったのは、気のせいであったろうか。

人の名前であったような。

何なのか。

呂はそう思った。

知らぬ間に、涙が頬を伝っていた。

どうして自分が泣くのかわからなかった。

こいつは、二千年以上を生きている。

それだけ生きて、まだ癒えぬ悲しみがあるというのか。

まだ、忘れられぬ哀しみがあるというのか。

きい…………………

きいいい……………

きいいいいい………

五章　伊豆地獄変

1

菊地（きくち）には、夢がある。

夢というより、願望である。

いや、夢も願望も、菊地の中でははっきりした区別はないので、どちらでもいいのかもしれない。

けれど――

夢という言葉の中には、妙なうさん臭さが潜んでいて、ただ単にそれが嫌なだけなのかもしれない。それで、その夢という言葉を避けたかっただけなのだろう。

夢という言葉の中には、ずるさが潜んでいると菊地は思っている。

直感のようなものだ。

どこか、甘ったるい。

中学生の少女が、あるいは中学生の少年が口にする夢――

悪意も、哀しみも、何にもない。

かなわなくても、美しい。

夢があるからがんばれる。

夢を持たなくちゃ。

馬鹿か。

そう思う。

あまり深く考えないうちに、夢という言葉の妙にイヤな感じにつきあたって、そういう言葉が出てしまうのである。

馬鹿か。

だから、願望という言葉を無意識に選んでしまうのだろう。

願望という言葉のほうが、夢という言葉よりその妙ないやらしさが少ないような気がする。

しかし、まあ、どちらでもいいことだ。

少なくとも、願望について、考えていることはある。

どうかすると、本物の夢に見ることもある。

何か。

許しを乞う夢だ。

これまで、自分は、誰かに許しを乞うたことがない。

すまない。

悪かった。

許してくれ。

そう言って、誰かに頭を下げたことがない。

これまで、ただの一度もだ。

あの久鬼麗一にもだ。

自分が悪い、自分が間違っていた、そう考えたことがほとんどない。

だから、謝らない。

自分に落度があると思った時でも、謝らない。

許してくれ——

そういう言葉を口にした時、自分の裡（うち）の何かが崩壊してしまうような気もする。

ちょっとだ。

そんな気がするだけだ。

自分の何かが崩壊してしまうので謝らない——それほど明確なロジックがあって、そうしているわけでもない。

ただ、結果として、謝ったことがない。

許しを乞わない。

だから、人に許しを乞うてみたいと、ひそかに、時々、ちょっとだけ思ったりするということだ。

許してくれ。

おれが悪かった。

もうしません。

頭を下げる。

でも、相手は許してくれない。

土下座して、下げた頭を踏みつけられる。

それは最悪ではないか。

謝らないで、相手を睨みつける。

その顔を殴られる。

そのほうがずっといい。

許してくれ、という言葉を吐いたら、その瞬間に、自己が崩壊する。

犬が、強者に対して、腹を見せて仰向けになる。

無防備。

全てを相手に委ねてしまうあの行為だ。

できるか、そんなこと。

だが――

許しを乞うて、全てを、自分の何もかもを、相手に委ねてしまうあの行為を、してみたいという誘惑にかられることがあるのだ。

それがぐずぐずになって、恐怖のあまり、許しを乞う。

涙で顔を濡らして謝る。

でも、相手は許してくれない。

殴られ、踏まれ、やられ続けるのだ。

最低のできごとだ。

親父は飲んだくれだった。
どうしようもない親父だった。
中学生の時に、その親父をぶん殴った。
そうしたら、
と、親父は自分に土下座したのだ。
「許してくれ」
「おれが悪かった」
あの光景を見ている。
親父が泣いて、許しを乞うたのだ。
あんな親父を見たくなかった。
怒って、自分をぶん殴ってくる、理不尽な親父のほうが、まだ好きだった。
それから、自分と親父の関係が逆転した。
自分のほうが、親父の上位になったのだ。
あの親父のように、なってみたいと、どうかすると思ってしまうのだ。

もう、踏んばらなくていいのだ。

我慢もいらない。

つっぱらなくていい。

それは、思うだけで、考えるだけで、どこか、甘美なところがある。

しかし、自分はそうしないだろう。

謝らないかわりに、黙る。

何も言わない。

黙って、睨む。

それが自分だ。

それと、不思議なことに、謝った後の親父が、時々こわいことがあったのだ。

親父がどこかで豹変(ひょうへん)し、ある日、いきなり後ろから包丁で刺されるかもしれないというこわさだ。眠っている時、上から顔や眼を刺されるかもしれないというこわさだ。

そのこわい原因をいろいろ考えてみたら、自分がそういう人間だからだということに思い至った。

自分が、そういうことをやるかもしれない人間だから、相手も同様のことをしてくるのではないか——そう思ってしまうのだ。

もう、やめよう。

そんなことを考えるのは。

別に考えたくて考えているわけではない。

勝手に脳が、そういうことを考えてしまうのだ。

それよりも、ボックのことだ。

ボックのことを考えよう。

ボックをぶちのめし、土下座させることを。

フリードリッヒ・ボック。

あいつが帰ってきたのだ。

もどってきたあいつを見た。

足を引きずっていた。

顔が腫れていた。

歯が折れていた。

目尻が切れていた。

顔が血で汚れていた。

肋(あばら)だって折れているだろう。

表情はやつれ、怒ったような顔をしていた。

やられたのだ。

誰かと闘って、ぼこぼこにされたのだ。

誰に？

菊地は、ボックをそんな状態にした相手に嫉妬した。

その後、菊地は部屋にもどされ、鍵をかけられた。

だから、その部屋で考えている。

たとえ、もっとひどい状態にされても、勝ったやつは、ああいう顔はしない。
だから、負けたのだと思う。
それで、ボックは、何かの作戦からはずされたらしい。
織部深雪にかかわる何かだ。
それからはずされて、ボックは荒れているのである。
どうやら、この家から、何人もの人間がいなくなるらしいとわかった。
グリフィンも、アレクサンドルという、あの爺いも。
まさか、ボックとふたりきりということはないだろうが、それに近い状態になる。
チャンスだ。
ぞくりと背の体毛が逆立つ。
今のボックになら――
勝てる。
へひい……
菊地良二（りょうじ）は、独り、部屋の中で唇の両端を吊りあげた。

2

「ほう、真壁雲斎が――」
うなずき、そうつぶやいたのは、久鬼玄造である。
狭い部屋だった。
ゆるやかな振動と、振動音に、その部屋は包まれていた。
長方形の部屋――
窓が小さい。

縦が一〇センチ、横が五〇センチの、細長い窓が、左右の壁の上部にふたつずつ。

床には、絨毯が敷かれ、それぞれの窓の下に、背もたれを壁に寄せてふたり掛けのソファがひとつずつ置かれている。

一方のソファに久鬼玄造が座り、もう一方のソファには宇名月典善が座っている。

ソファとソファの間に、小さなテーブルがあり、ふたりはそのテーブルを挟んで向かいあっているのである。

今、久鬼玄造は、宇名月典善から、伊豆高原にある天城岳高原カントリークラブ周辺の様子がどうであったかの報告を、ひと通り受け終わったところであった。

そもそも、宇名月典善がどうしてそこまで出かけていったのかというと、九十九三蔵の靴に仕掛けた電波を発信する装置からの情報があったからだ。

九十九三蔵が、どういうわけか、そのあたりを歩いているのである。

本来であれば、ルシフェル教団の連中のいる貸別荘の周辺を動きまわるはずなのに、そうしなかった。九十九三蔵が別荘周辺に現われたのは、昨日の夜になってからだった。

そのことから察するに、九十九三蔵には、仲間がいるらしい。

別荘に忍び込んだ人間がそうだ。

その時、九十九三蔵は、別荘の横手の森の中で待機していたことが、探知機の情報からわかっている。

しかし、探知機のことは、すでに九十九三蔵に知られてしまった。それは、龍王院弘からの報告でわかっている。

ともかく、天城岳高原カントリークラブにいったい何があるのか――

それで、様子をさぐるため、久鬼玄造は、宇名月典善を現場にゆかせたのである。

そこで、宇名月典善は、ライフルを持って森の中に潜む人間を見、そして、真壁雲斎に会ったというのである。

「それは、やがて、その場所に、麗一か、大鳳――あるいはふたりがやってくるということであろうな。これを何と見るかね、典善どの――」

久鬼玄造が問うと、

「取り引きでしょうな」

宇名月典善が答える。

「ルシフェル教団の連中が、織部深雪を拉致したというのは、おそらく取り引きのためでしょうからな」

典善が、玄造をちろりと見る。

「取り引きの相手は？」

「おそらく、亜室健之――」

「つまり、雪蓮の一族ということだな。しかし、いくら何でも、そんな取り引きには応じまいよ。せっかく、麗一と大鳳吼を引き入れながら、わざわざ織部深雪と交換に、ふたりを、あるいはそのどちらかを渡すはずもない」

「でしょうな」

「儂(わし)だったら、自分たちが日本を脱出する手はずを整え、脱出したところで、警察に匿名で通報する。行方不明の女子高生を拉致した連中がいるとな。それを大鳳と久鬼に約束し、そう動く――」

「しかし、久鬼はともかく、大鳳がそれを承知しましょうか――」

少し考えてから、

「しまいな」

玄造がうなずく。

「そうすると、大鳳はどうします？」

「ひとりでも、取り引きの現場に向かうであろうよ」

「自分も、そう思いますよ」

「しかし、亜室健之は止めるであろう」

「止められたら、大鳳は？」

「雪蓮の連中のところを脱け出して、現場へ向かう」

「その時、たよりにする人間がいるとすれば……」

「真壁雲斎か、九十九三蔵――あるいはその両方――」

「少なくとも、大鳳は必ず、たとえ独りでもやってくるでしょうな……」

「では、誰よりも先に、大鳳に会わねばならぬな」

「ええ。その前に、織部深雪を救い出して、我らのもとに保護しておけば、完璧でしょう――」

「我らには、切り札がある」

「はい」

典善がうなずく。

移動中の、改造された保冷車の中で、典善と久鬼玄造は、互いに顔を見合わせ、静かに笑いあった。

3

大鳳吼と九十九三蔵は、森の中で息を殺して身を潜めている。

熊笹の中だ。

すぐ下を道路が通っている。

ほとんど車が通ることのない道だ。

一時間ほどたつが、通ったのは、これまでに三台だけだ。

車が近づいてくれば、下の道路を通過する前に、エンジン音が聞こえて、次にヘッドライトの明かりが差すので、それとわかる。

おそらく、やがて、深雪を乗せた車がここを通る。

ここを通らねば、かなりの遠回りをしなければ、ゴルフ場へは行けないからだ。

車種は、わかっている。

日産のワゴン車か、トヨタのカローラだ。

他の車は、だいぶ前に別荘を出て、ゴルフ場に詰めている。

深雪の乗った車が通るのは、予定時間の一時間から三十分くらい前であろうと踏んでいる。

ここからゴルフ場のクラブハウスまでは、車で五、六分だ。

その車が来たら、道路に樹を倒して道を塞ぐ。できることなら、彼らを車から降ろし、ここからゴルフ場まで歩かせたい。

そうすれば、深雪を助け出すチャンスがあるであろうと考えたのである。

深雪は、昨晩、窓の外に見た人間が誰であるかをわかったはずだ。

いくら顔を隠していても——いや、隠していたのなら、なおさら誰であるかがわかったはずだ。

そして、菊地も。

菊地がどうしてあそこにいたのかはわからないが、状況から考えれば、おそらく、誰を見たかは口にしたはずだ。

深雪は、口にしないかもしれない。

あるいは誰であるかはわからなかったかもしれない。

それでも、あのアレクサンドルとグリフィンがいるとなれば、別の方法で、深雪に誰を見たかを語らせる方法を持っていることは充分に考えられる。いや、必ずその方法を持っていることであろう。

つまり、誰があの時、庭にいたかを彼らは知ったことであろう。

知れば、警戒する。

知らなくとも、忍び込んだ者がいたということはわかってしまったので、間違いなく警戒するであろう。

そうすると、あの別荘へ忍び込んで深雪を救い出そうとすることは、まずできぬであろう。

深雪を救出することができるとするなら、一番可能性が高いのは、別荘からゴルフ場へと移動する時だ。その時が、一番、守る側の人間たちの人数が少なくなるであろうからだ。

別荘にも若干名を残し、ゴルフ場には何人かを先に送っておく——つまり、人数が三分されることになる。

別荘まで、深雪と、深雪をガードしている連中を歩かせて、その時に深雪を奪還する。

しかし——

おそらく、深雪はゴルフ場まで歩かないであろう。

行く手を塞がれたら、そこで車を停め、ゴルフ場から車でここまで迎えに来させる。

その上で車を降り、歩いて倒れている樹を越えて、すぐに、迎えの車に再び乗ってしまうだろう。

それでも、そのわずかな時間、深雪は車を降りることになる。

そのわずかな時間に、機会があるかもしれない。

深雪を救い出せたら、隠してある車で逃げる。逃げながら警察に通報する。拉致されていた女性を助け出し、今逃げているところだと伝えれば、すぐに警察も動くことであろう。

どこかに隠れる必要はない。

むしろ人目のあるところまで車で移動し、そこで警察がやってくるのを待てばいいのだ。

そのための手は、幾つか考えている。

最終的な手段としては、大鳳がルシフェル教団の連中に自ら投降し、その代わりに、九十九が深雪を連れ帰るというものだ。

大鳳は、すでに、それを覚悟している。

それを、ゴルフ場でやらないのは、わざわざこの場所でやるのは、ゴルフ場だと、亜室健之たちがやってくる可能性が高いからだ。

そんなことをしようとしても、亜室健之たちが許すはずもない。

別荘の方にのこのこ出かけていって、投降しても、彼らは深雪を返すことなく、大鳳と一緒にいずこかへ連れ去ってしまうことは充分に考えられる。その方が安全だからだ。また、深雪を手元に置いておくことが、大鳳を操るよい方法であると、大鳳が現われたことで、彼らはそう考えるようになるかもしれない。

いずれにしろ、別荘へゆくのは、すでによい方法ではなくなっている。

せめて、別荘の庭に忍び込んだことがわかっていなかったら――

それならば、違う方法もあり得たであろうが、わかってしまった以上は、充分警戒されていると考えるべきであろう。

それで、まずはこの作戦を考えたのである。

それに――

〝自分には最後の手段がある〟

大鳳はそう考えている。

すでに、その覚悟はある。

九十九にも打ちあけていない方法だ。

しかし、できることなら、それは使いたくない手段であった。

大鳳と九十九三蔵――

ふたりは、森の中で息を潜めている。

4

建物の中が、静かになっている。

何人もの人間が、外に出てゆく気配があった。

それで、その後、急に静かになったのだ。たぶん残っているのはふたり――

そして、そのうちのひとりは、たぶん、間違いなく、あの男――フリードリッヒ・ボックだ。

へひい……

菊地は、闇の中で、低く声に出して笑った。

しばらく前に、痣のある顔を、ボックが菊地に見せにやってきた。

足音がして、ドアの前で立ち止まり、鍵が開けられ、ドアが開き、ボックが入ってきたのである。

ボックは、菊地をひと睨みし、

「皆、出かけることになった。お前はここで留守番だ」

そう告げて、部屋を出ていったのだ。

出てゆく時に、少しだけ嗤った。

その時、気づいたことがあった。

その気づいたことを、いつ確認するか、その機会を、さっきから、ずっとうかがっていたのである。

奴らは気づいていない。

自分が、もとにもどったことを。

あの時——侵入してきた大鳳と闘った時、頭部に気を当てられた。

その時だ。

それで、意識がもどったのだ。

そのことに、まだ、奴らは気づいていないのだ。

さすがに、夜、部屋に入る時には、鍵を掛けられる。

しかし、それも、申し訳程度の感じだ。

鍵など掛けなくとも、この男は安全——そう考えているのは間違いない。

それで、ボックの奴は、嗤って出ていったのだ。

こいつも、ずいぶんおとなしくなったもんだ——

そういう顔だった。

馬鹿にするような、哀れむような、そういう表情だ。

これまで、何度となく、いろんな人間からそういう顔をされた。

だから、自分は、そういうことに敏感になっている。

あれは、おれを蔑(さげす)み、憐(あわ)れんでいる顔だ。

しかし、見てろ。

菊地は、腰を下ろしていたベッドから尻を持ちあげ、立ちあがった。

忍び足で、ドアまで歩いてゆく。

ドアに耳をあて、気配をさぐる。

誰もいる気配がない。

ドアのノブを握る。

呼吸が速くなる。

それを抑えて、そっと回す。

回った。

手の中で、カチャリ、という音がした。

やっぱりだ。

ボックの奴、さっき、出てゆく時に、鍵を掛け忘れたのだ。

ボックが出ていった時——つまりドアが閉められた時、鍵を掛ける音がしなかったのだ。

チャンスだ。

ざまあみろ、ボック。

そっとドアを開ける。

開いた。

さらに開けてゆく。

ゆっくりとだ。

人が出ることができるくらい開けて、首を出す。

左右を見る。

誰もいない。

廊下の壁に、ふたつ、さほど明るくない灯りが点っているだけだ。

おそらく、(ボックの奴は、別の部屋で——まさか、)ゲームはやってないかもしれないが、どうせ、くだらない暗いことをひとりでやっているんだろう。

玄関ドアのノブに手をかけ、回す。

回らなかった。

鍵が掛かっているのである。

無理に、ドアを壊す必要はない。

ここが駄目なら、庭から外に出、逃げればいい。

少しもどって、廊下を歩き、庭へ出るドアのノブを握って軽く回す。

回った。


カチャリ……

と、小さな音がして、押すと、ドアが開いた。

冷たい風と、闇が入り込んでくる。

その中を泳ぐようにして外——庭へ出た。

庭の、夜気の中に菊地は立った。

「可哀想に……」

菊地は、小さな声でつぶやく。

おれが逃げたら、グリフィンやアレクサンドルに叱られることだろう。

いい気味だ。

庭の芝生を踏んで歩く。

建物を右回りに回り込んで、ここから出てゆくつもりだった。

ちょっとだけ、心残りがあった。

それは、ボックの奴をここに残して出てゆかなければならないからだ。

畜生。

それは、この次にしておこうか。

そんなことを考えながら、家の角を回り込もうとした時——

その角から、ぬうっ、と姿を現わした大きな男がいた。

「残念だったな」

ボックだった。

ボックの奴は、嗤っていた。

外灯の明かりの中で、その顔がよく見えた。

「やっぱり、馬鹿だな、おまえは——」

なに!?

「おまえの意識がもどっていることは、もう、とっくに気づいていたんだよ」

なんだって!?

菊地は、言葉を失っていた。


「滑稽だな。おまえのへたくそな演技を見て、みんな腹の中じゃ嗤ってたんだよ」

ボックは、痣に囲まれた眼で笑った。

みんなバレてたのか。

「おまえは、おれが怪我をしたからここに残されたと思ってるだろうが、それは違う。おれは、おまえを始末するために残ったんだよ——」

「——」

「グリフィンは、もう少し、おまえと遊びたがっていたようだがな」

グリフィン——あいつか。

あいつが、おれと遊びたがっていたというのか。

どういうことだ。

あいつが遊びたいっていうのは、おれを喰いたいってことか。

「アレクサンドルが、言ったんだよ」

「何と、言って、たんだ？」

「自分たちがここにいなくなっても、あいつを勝手にどうにかしようなんて考えるんじゃない——とな……」

へえ。

「ただし、もしも、あいつ——つまりおまえが逃げようとしたりしたら、その時は好きにしていいぞ、ってな——」

そういうことか。

「おまえ、あの、時、わざと、鍵を——」

「掛けなかったんだよ」

そうか。

そういうことだったのか。

それで、あの時、ボックは嗤っていたのか。

ボックの言うことは、正しい。

おれは、とんだまぬけ野郎だ。

「馬鹿だな、おれ、は……」

「やっとわかったようだな」

「うん」

おれは、うなずいていた。

ほんとうに、おれは馬鹿で、まぬけだ。

どうしようもない。

それで、あの女——織部深雪を助けようだなんて考えてたんだ、このおれは——

助けて、英雄になってやるんだと。

できもしないことを、夢見てたんだ。

ああ、馬鹿だなあ、おれは——

糞以下だ。

「もうひとり、ここにはまだ残ってるがね。そいつは、部屋から出てこないんだ」

「何故、だい？」

「部屋から出なければ、何も見ないからな。ここにいた、ちびの、みにくい生き物がどうなったか、誰も知るものはいないってことだ。たとえば、おまえがここで死んで、その死体を、おれが勝手にどこかに埋めたって、誰も知らないんだ。おれ以外はね。裁判になろうが、何になろうが、おれが、おまえがどうなったか言わなければ……」

そうか。

おれは、ここで、死んじまうのか。

こいつに殺されて、死体がどこにあるかもわからなくなって、たとえば、灰島のやつが、少しはおれのことを覚えていて、おれを捜そうとしてもわからないんだ。

どこかの土の中で、虫に喰われて、腐って土にかえってゆく。

何も残らない。

なんだか、おれらしいじゃないか。

おれにぴったりじゃないか。

哀しくも、何ともない。

死ぬのは、怖くない。

いや、死ぬのは、少し怖いか。

でも、少しだけだ。

哀しくはない。

哀しいのは、死ぬことじゃない。

馬鹿だったことが、哀しいだけだ。

誰も、おれのことをかまってくれるやつなんて、いなかった。

いや、いたな。

独りだけいた。

宇名月典善だ。

宇名月典善だけが、おれをかまってくれた。

おれのことを認めてくれた。

そんな気がする。

いったい、何を認めてくれたのか。

今は、少し、わかる。

それは、おれの馬鹿なところだ。

嫉妬深くて、腹に溜め込む方で、すぐに人のせいにして、他人を憎む。

おれより、恵まれているやつをうらやみ、ねたみ、そいつが不幸になることを、心の中で願う。

誰かが、不幸になった話が好きだ。

誰かが、転落するのを見るのが好きだ。

いつも、女とやりたがっている色情狂だ。

最低の人間で、社会のゴミだ。

そのゴミの中で生きる虫だ。

そのおれの、そういうところを、あの典善は、おもしろい、と言ってくれたんだ。

あの、変態の爺いだけが、おれに対して本気だったんだ。

〝てめえ、風車は、どんな風でも回るんだよ〟

そんなことを言っていたな。

自我や、我欲を捨てた清い意識の風でも、人を憎むことしかできない憎悪の風でも、風車は回るんだって――

時に、憎しみの風の方が、風車はよく回るんだって……

ぶうん……

音がする。

「おう、よく回るわ……」

耳元で、典善の悦ぶ声が、聴こえたような気がした。

「回りだしたぞ、回りだしたぞ……」

嬉々として、典善が耳元で囁いているようだ。

「ひとつ、だけ、言っておく……」

菊地は言った。

「なんだ」

「おれ、は、おまえ、なんか、怖くない」

言ってやった。

久鬼にも言った。

グリフィンにも言った。

そして、今、ボックにも言ってやった。

「おれは、おまえなんか、怖くない」

もう一度。

うまく言えた。

珍しくつかえずに言えた。

何かが、おれの中で、激しく回転していた。

その回転に乗って、言葉が出たのだ。

おまえなんか、怖くない――


嘘だった。

ほんとは、怖い。

怖いが、しかし、怖くない。

ほんとうだ。

怖いけれども、その怖がっていること、怯えていることを知られてしまうことの方が、怖いんだろう。

少し違うか。

うまく言えない。

けれど――

亜室由魅の顔が浮かんだ。

あの女のことが、好きだった。

毎日、やりたいと思ってたんだ、このおれは。

おれが頭の中で何を考えていたか――

本人が知ったら、吐くだろうな。

そうだったな。

そういうやつだったよ、おれは。

「怖くないんだよ、あんたが……」

菊地は言った。

「おれを、殺してみろよ、ボック」

菊地は言った。

やけに静かだった。

その静けさの中で、自分の声が響く。

うるさいのは、音でない音だ。

自分の中で、何かがぶんぶんと音をたてて回っている。その音が耳の奥に響いているのだ。

何だろう、これは!?

わからない。

「来いよ」

言った途端に、
ぶうん、
と、激しく何かが回転する。

小周天も、何もやってはいない。

なのに、身体の中で、何かが、激しく、強く回転し、回転し続けているのである。

「行くよ」

ボックが、近づいてくる。

一歩、
二歩、
三歩、
間合に入った。

その瞬間に、ボックの左足が、菊地に向かって飛んできた。

正面からだ。

どん、
と、菊地の腹で、何かが爆発した。

菊地の身体が、後ろにふっ飛んだ。

身体が浮き、背から芝生の上に落ちて、身体が一回転した。
が――
もそり、
もそり、
と、菊地の身体が動く。
菊地が立ちあがってきた。
なあんだ、動くじゃないか。
自分の身体が。
「よく起きあがってきたな」
ボックが言う。
「どうって、こと、ない……」
菊地は言った。
腹を蹴られて、遠くへ飛ばされた。
それだけのことだ。
どれほどもダメージがあるわけではない。
不思議だった。

見えたのだ、ボックの蹴りが。
だから、蹴られた、というよりは押されたような感じだ。
インパクトの瞬間、無意識のうちに、それを受けとめてやったようなイメージだ。
飛んできた大きなボールを、身体全体で、柔らかく受けとめたような。
ただ、ボールが大きく重かったので、身体が後ろへもっていかれただけ――
菊地自身が感じているイメージとしては、そんなところだ。
ボックとの体重差がなければ、たぶん、立っていられたのではないか。
それに、自分の身体は特別頑丈にできている。
ぶうん……
まだ、何かが回転している。

しかも、さらにその回転の速度はあがっているようであった。
ボックが、前に出てきた。
来た。
右のパンチだった。
巨大な拳が、自分に向かって飛んできた。
これも、見えた。
両手で、それを優しく包んでやる。
簡単なことだった。
自分に向かって、誰かが投げてきたゆるいボールを受ける——そんな感じだ。
また、身体が浮いた。
両手を離して、そのボールをうまく後ろへ送ってやる。
倒れずに、立った。
ああ、今のは、別のことができたな。
菊地はそう思う。
手首を両手で握った時、後ろへ流さない。
その腕に飛びついて、脚をからめて——
どこかで見たな。
そうだ、飛びつき逆十字だ。
あの技だ。
それをやった選手の動きを、スローモーションで見るようなイメージだ。
それが、見えたのだ。
うん。
できた。
たぶん、できたと思う。
それを、やってやればよかったか。
ぶううん……
また、回転速度があがる。
ぶん、

ぶん、
ボックが、たて続けにパンチを打ち込んできた。
首を振って、それを避(よ)ける。
三発、それを全部避けてやった。
ボックが、驚いたような顔で、こっちを見ている。
避ける。
避ける。
避ける。
全てのパンチと、拳を、避けてやる。
避けきれない時は、下から、あるいは横から、拳を軽く手で撫(な)でてやる。
力はわずかだ。
それで、おもしろいように攻撃がそれてゆく。
ぎりぎりだ。

ぶん、
むん、
ぶん、
むん、
速度がさらにあがってゆく。
むん、
むん、
むうううううう……ん
いい音だ。
ボックの眼が、吊りあがっている。
次の攻撃を避けた時、ボックの頬を、右手で叩いてやった。
平手だ。
ぱあん、
といい音がして、ボックの顔が横を向いた。

叩かずに、ボックの歯を指ではじいて折って
やることさえできそうだった。

なんだか、深いところに自分がいるようだった。

海の底。

そこには、感情がない。

いや、ある。

あるのだが、深海の圧力に、細胞ひとつよりも小さく潰れて、実体が失くなっているのだ。

あるとしたら、これは、哀しみか。

憎しみか。

怒りか。

〝菊地よ……〟

典善の声がする。

〝来たな、ようやくここへ……〟

嬉しそうな声だった。

なんだか、嬉しい。

あの爺いが、おれのことで悦んでいる。

それがなんだか嬉しいのだ。

初めて——

生まれて初めて、誰かに褒められた。

おれのことで、自分じゃない誰かが悦んでいる。

そんなことは、初めてだ。

おれも、人を喜ばせることができるのか。

深海の底で、ボックが菊地を見ていた。

その顔に、驚きの表情が浮かんでいる。

「おまえ、何があった!?」

何も。

おれは、ちびで、不細工で、女にもてなくて、
嫌われものだ。

菊地良二だ。

それ以外じゃない。
おれだって、おれが嫌いだった。
その菊地良二であるだけだ。
女とやることばかり考えてきた。
人を羨むことしかできなかった。
金もない。
貧乏で、変態親父の息子だ。
憎むか、嫌われるか——
それが、自分と他人とが繋がる方法の全てだった。
ボック。
ボックよ。
まさか、おまえも、そうだったんじゃないだろうな。
そんなことを、今さらここで言うつもりじゃないよな。

むん、
むん、
むううううううううう～～～
何かが回っている。
もう、ただの音じゃない。
ひゅうううううううう………
ろろろろろろろろろ………
音楽?
笛のような音?
それが、全身で鳴っている。
身体が鳴り響いている。
どん、
と、横から何かがぶつかってきた。
鬼勁だ。
短い髪がそよぐ。
身体は動かない。

鬼勁だって？

ふん、ただのそよ風だ。

前に出る。

一歩。

二歩。

ボックが、顔を歪ませて、殴りかかってくる。

それを避けて、懐に入り、右掌をボックの腹にあてて——

ぼん……

ボックの身体が、後ろに飛んだ。

欅の幹に背がぶつかった。

その時には、もう、菊地はボックの眼の前に立っている。

ボックが飛ばされてゆくのと同じ速度で前に出たのだ。

右の肘を、ボックの胸に打ち込む。

欅の幹と、菊地の肘との間に、ボックの胸が挟まれて、軋み音をあげる。

肋が折れたか。

もう一本。

ゆこうとした時、ボックが、太い両腕で、菊地の両腕ごと身体を抱え込んできた。

みしっ、
と、背骨が軋む。

凄まじい力だ。

「へ……」

ボックは、唇を歪めて笑った。

「つかまえたぜ」

打撃ならば、かわすことができる。

タイミングをはずしたり、フェイントをかけたり、色々と相手を騙すテクニックがある。

だが、捕まえられたら――

タイミングをはずしたり、拳を避(よ)けたり、多くの技術を駆使することができなくなる。

〝つかまえたぜ〟

の〝まえ〟のところで、ボックはもう、上体を大きく後方へ反らせていた。

〝ぜ〟

で、頭部をおもいきり、打ち落としてきた。

頭突きだった。

「あおうっ！」

声をあげたのは、ボックだった。

人間の内臓の中で、ただひとつだけ、身体の外へ出ている器官、睾丸(こうがん)を膝で蹴られたからだ。

蹴ったのは、菊地であった。

龍王院弘にやられ、潰れた睾丸が、もう一度、潰されたのだ。

ぐちっ、

と、菊地の鼻の軟骨が潰れた。

睾丸を潰されながらも、ボックが、菊地の顔面に頭突きを当ててきたのである。

しかし、その直前に、菊地が睾丸を潰しているので、威力が削がれて、菊地を昏倒(こんとう)させるだけの力はない。

インパクトの力が半減してしまったのだ。

ただ、軟骨が潰れただけだ。

脳を揺らされたわけではない。

かあっ、

と、鼻を中心に、顔面の温度があがった。

鼻から血が流れ出す。

唇までたどりついたその血を、菊地はピンク色の舌で舐(な)めとった。

左腕が抜けた。

その時は、二撃目の頭突きが襲ってくるところだった。

「くわわっ！」

ボックは、唇をめくりあげ、歯を剝き出しにして、二撃目を繰り出してきた。

見えている前歯の、半分以上がなくなっている。不気味を通り越して、滑稽な顔になっていた。

龍王院弘にやられたからだが、むろん、そこまでは菊地にわかるわけもない。

菊地は、左手で、上から打ち下ろしてくるボックの顔を押さえた。

指が、何本か、口を割って中に潜り込む。

ボックが、その指に嚙みついてくる。

しかし、指を上下に押さえ込んできたのは歯ではなく歯茎だった。

菊地は、指を鉤状に曲げて、浅く、しかし力を込めて引いた。

音がした。

ボックの歯を一本、折ってやったのだ。

ぬるり、
と、指が外へ出る。

その指の先に、ボックの眼がある。

このまま、鼻の横を、眼窩に向かって血と唾液で濡れた指を滑らせれば、自然に眼の中に指が潜り込む。

それをやろうとした瞬間、ボックが、菊地を突き放した。

また、向き合う。

ボックは、欅の幹を背にして立っている。

ボックの顔が、歪んでいる。

ひどい顔だ。

なんて顔してやがる。
その顔の中に、菊地は見てとった。
驚きの色は、薄まっていた。
しかし、その唇の歪なかたち。
眼の色。
その中に、さらさらと、小さく揺れているものがある。
とまどいだ。
菊地にはそれがわかる。
そして、ごくわずかな、微量の光。
本人だって、気づいていないもの。
それは、恐怖であった。
菊地は、それを感じとっていた。
「へひい……」
菊地は嗤った。
ぞろり、

と、血に濡れた赤い舌で、唇を舐めあげた。
このでかい、ゴリラが、おれを見て恐怖している。
ぞくぞくするくらい気持ちがいい。
りん、
りん、
脳の中で、高い音が鳴っている。
金属質の鈴の音のような――
いん……
いん……
ボックが、喘いでいる。
痛みをこらえている。
へたり込みそうな顔だ。
泣きそうな顔だ。
どうした、ボック？
こないのか。

こいよ。
こないのなら、おれから行ってやろうか。
りん。
鈴が鳴る。
一歩、踏み出す。
りん！
もう一歩。
りん!!
もう一歩。
いん……
いん……
その時だ。
ぱあん！
銃声が響いた。
ひゅん、
と、右耳の横を、鋭い擦過音が通り過ぎていった。
銃弾が、そこを通過していったのだ。
「くわわっ」
という声がした。
すぐ向こうで、男が、銃を持った右手を持ちあげていた。
その手首を、黒い、棒のようなものが貫いている。
それが、何であるかを菊地は知っていた。
何度も見たことがあるもの。
飛鉄だ。
宇名月典善が武器として常に身に帯びているものだ。
屋敷の中に、男がひとり、残っていると菊地はボックから聞いていた。
争う物音がして、男は、見物に出てきたのだろう。

ボックに、自分が殺されるところを見るつもりだったのだ。

ところが、見ていたら、ボックの方がやられている。

それで、拳銃を取り出して、ボックに加勢しようとしたのであろう。

まさに銃の引き鉄を引こうとしたその時、どこからか飛鉄が飛来して、男の右手首に突き立ったのだ。

「生きていたかよ、菊地……」

声がした。

低い、泥の煮えるような声だ。

なつかしい声であった。

宇名月典善が、横手の、芝生の上に立っていた。

典善は、菊地を月光の中で眺め、

「剝けたな、菊地」

そう言った。

剝けた？

何のことだ。

「こやつは、口の利けるようにしておく。そっちのでかいのは、好きにせよ。それとも、おれが代わってやろうか……」

「いい」

菊地は言った。

おれがやる。

菊地は、ボックに向きなおった。

ボックの顔に、今、はっきり浮かんでいるものがあった。

恐怖だ。

ボックが、乱れた髪の間から、恐怖の明滅する視線を、こちらに向けている。
いい眺めだ。
ボックは、菊地を見つめ、喘いでいる。
あと、一歩か二歩で、間合に入る。
一歩で、ボックの間合だ。
一歩半か、二歩で、自分の間合だ。
ボックが、腰を落とす。
と——
ボックの中の何かが、ふいに、澄んだ。
澄み渡った。
さっきまであった怯え、恐怖の色が、ボックの眼の中から消えていた。
眼の中に、爛らんと光るものが生まれていた。
覚悟を決めた眼だ。
この状況下にあって、絶望していない。
この状況を、自分の力で変えてやろうという眼だ。
凄い漢だ。
いいな。
たいした漢だよ、ボック。
菊地には、それがわかる。
ぎりぎりの、どんづまりのところで、こういう顔のできる漢は、強い。
前の自分だったら、気づかなかったであろう。
怯えたままだと考え違いをして、闘ってしまうだろう。
しかし、今の自分は違う。
この漢の凄さがわかる。
「勝手にやれ、おれは手を出さぬ」
宇名月典善は言った。
嬉しいな。
おれに、まかせてくれたんだ。

あの宇名月典善が。
さあ——
来いよ。
「来いよ」
ボック。
そこの爺いは、嘘はつかない。
もっとも、お前は信用しないだろうけどな。
それでいい。
いくら手を出さないと言われたって、そんなことを信用しちゃいけないんだ。
あんたがそういう奴で、おれは嬉しいよ。
ボックが、激痛をこらえて、呼吸を整えている。
いいぜ。
ちょっとだけ、待ってやろう。
ひとつ、
ふたつ、
みっつ。
そう、それだけ呼吸ができたら、もういいだろう。
菊地は、静かに、ボックに向かって足を踏み出した。
一歩。
二歩。
二歩目を踏み下ろす前に、ボックが攻撃をしかけてきた。
「けええっ！」
足だ。
おれの左膝を、正面から蹴り折りにきた。
かわす。
右へ。
待っていたかのように、ボックが左の拳で打ってくる。

その拳を、右掌の上にのせて、軽く天に向かって押しあげてやる。

拳が空を切る。

おれは、自分の右掌をそのままボックの左腕の下側にそって滑らせる。

脇の下まで届いたところで、蛇のように、おれの右腕をボックの左腕にからみつかせる。

ひねる。

ボックの身体が、前に泳ぐ。

頭が下がる。

ボックの左手を、おれの右肩で上へ持ちあげる。

両手で、ボックの左腕を抱える。

右足を持ちあげて、ボックの左腕をまたぐ。

ごきん、
と、ボックの左の肩関節がはずれる音がする。

かまわずねじる。

めちめちめちめち！

肩関節の靭帯（じんたい）がちぎれる音。

ボックの顔面を、地面に落とす。

そして、右足で、後頭部を踏みつける。

ボックが仰向けになる。

その顔面を、右足で踏みつけにゆく――と見せて、腹を踏む。

ボックの両手が、顔をガードするとわかっていたからだ。

ボックの口から、血の混ざった胃液が飛び出してきた。

それが、ズボンにかかる。

気にしない。

ボックが、おれの右足を、両手で摑んできた。

足首をねじって、おれを引き倒すつもりなのだ。

いいぞ、ボック。まだやるつもりなんだ。

倒れない。

左膝を、ボックの顔に落とす。

残った前歯は、これでみんな折れたはずだ。

不思議なことに、おれの中から、ボックに対する憎いという思いが消えていた。

怒りもない。

ただ、闘いにおいて、もっとも効果的な技を、その時、その時、状況に応じて自然に出しているだけだ。

妙に静かだった。

もう、先が見えていた。

音のない、スローモーションの映像だ。

おれが、ひと呼吸待つ。


すると、ボックが上体を起こす。

その頭がちょうどいい高さになったところで、その頭部に右の蹴りを入れる。

仰向けに倒れてゆくボックの顔に、次は左の蹴りを。

血と汗が、ボックの髪から散りぢりになって飛ぶ。

それで、ボックが動かなくなる。

そういうシーンが見えていた。

その光景をなぞるように、おれとボックの身体が動く。

脳のイメージを、おれの身体がなぞり終えた時――

ボックは、おれの足元で動かなくなっていた。

「剝けたな、菊地……」

宇名月典善の声がした。

宇名月典善が、おれの横に立っていた。

「おい、典善……」

おれは言った。

「おれ、は、強くなっち、まったの、か……」

「ふん」

典善は、倒れて動かなくなっているボックスを見下ろしてから、顔をあげた。

「もともと、おまえの中に眠っていたものが出てきただけのことさ。それだけのことよ」

典善は言った。

そんなもんか。

そういうことなのか。

しかし、菊地にはわかっている。

それは、たとえ、典善の言う通り、自分の内部に眠っていたものが出てきたのだとしても、〝それだけのこと〟ではない。

この典善と出会うことがなかったら、一生出てこなかったものだ。

それだけはわかる。

典善がこれをもたらしたのだ。

少なくとも、あの、めったに人を褒めることのない典善が、自分を認めてくれたのだということはわかる。

典善も、自分も、嬉々としてそれを悦んでいるわけではない。

典善は、どこか、素っ気ない。

いつもと同じだ。

それが、妙に嬉しかった。

そして、菊地は感じていた。

自分が、変わってしまったことを。

それは、強くなった、弱くなった、そういうことではない。そういうこととは別のことだ。
自分は、変貌した。
どう変わったのか——
それが、実は、よくわからない。
しかし、これまでの自分と、今の自分が別の人間のようだとはわかる。
だいたい、性格などというものは、変わらない。
変えようがない。
そう思っている。
人間は、変わるとは口では言う。
しかし、それは口先だけだ。
本気で、変わろうと努力する人間もいる。
だが、人は変わらない。
それはよくわかっていた。
親父がそうだったからだ。

何度も酒をやめると口にした。
泣きながら、涙を流しながら、そう言ったこともある。
しかし、親父は変わらなかった。
そういうものだと思っていた。
けれど、自分は、変わった。
何がどう変わったのかは見当がつかないが、それだけはわかっている。
何で親父のことなど思い出したのか。
絶対に許せない。
憎んだ。
その心が、少し、薄くなっている。
憎しみの半分が、どこかへ行ってしまったようだ。
あの久鬼も、実は、哀しい人間であったように、親父もまた哀しい人間だったのだな。

人間とは、みんな、それなりにどこかに、哀しみを背負っているのだ。

母親だって、あんなに親父のことを嫌いながら、最後に親父を庇(かば)ったのは、その哀しみの部分で共感するところがあったのだろう。

それでいい。

あのことは、どこかで、おれも納得していることだ。

そういうことが、今は、わかる。

ああ——

今は、わかる。

人は、川だ。

流れ続けてゆく川だ。

その川が、どれだけ曲がりくねっているにしろ、どれだけ瀬があって、どれだけ淵があるにしろ——川とはそういうものなのだ。


夜——

小田原の早川の河口に立った時に、感ずるもの。

黒々と海へ向かって流れてゆく水の重み。

今は、わかる。

川ならばあたりまえの、水ならばあたりまえの、自然な、あまりにも自然な……

そういうものを、今なら許せる。

自分という川が、これまでどれだけ曲がりくねってきたか、その屈折を、曲がりくねりを、許せる。

自分を馬鹿にしてきた、全ての人間、全ての事柄を——

それにだ。

もしかしたら、誰も、おれのことを馬鹿になんかしていなかったのかもしれない。

たぶん、いや、きっと、自分のことを一番馬鹿にしてきたのは、おれだったんだな。

おれが、おれのことを馬鹿にしてきたんだ。

ああ、今頃になって、なんだかおれは、とんでもないことに気づいてしまったようだな——

その時、声がした。

「他に、人はいないようですよ」

建物の前に、人が立っていた。

黒い、細身のズボン。

黒いTシャツの上に、黒い革ジャンを、前を開けて着ている人物。

知っている顔だ。

知っている声だった。

漢だ。

その漢は、かろやかな足どりで歩いてくると、典善の前に立った。

肌が、透きとおるように白い。

唇が、女のように紅い。

龍王院弘だった。

「他の者は、みんな、ゴルフ場の方に出かけたようですね」

そう言ってから、龍王院弘はボックを見下ろし、

「誰がやったのですか」

そう訊ねてきた。

おれだよ——

とは、菊地は言わなかった。

言う必要もないことだった。

龍王院弘は菊地の顔を見つめ、

「ふうん……」

誰がやったのかを理解したようであった。

典善は、芝生の上に倒れている、右手首に飛

鉄の刺さっている男を見下ろし、

「こやつに、少々吐いてもらうことにしようか……」

そう言って、唇の両端を吊りあげた。

六章　再会

1

九十九三蔵の、静かな息づかいが聞こえている。

山が呼吸するような、深い、重みのある呼吸だ。

横にいるだけで、安心感がある。

九十九の肉体の持つ熱気のようなものが、夜気の中で大鳳を包んでいる。

パートナーにして、これだけ心強い味方もいない。

これまで、この九十九にどれだけ助けられてきたか。

離れていても、この同じ大地のどこかに九十九がいる——それを思うだけで、心強かった。

そして、真壁雲斎。

さらに、織部深雪。

自分が今、やるべきことは、織部深雪を救うことだ。

ルシフェル教団の手から救い出して、なんとか、深雪を普通の生活、普通の時間の中に返してやらねばならない。

小田原の両親のもとへ——

それができるだろうか。

たとえ、深雪を救い出せたとしても、深雪はもう一度、あの場所へもどることはできるであろうか。
自分は、もう、しようがない。
前のような高校生活には、もどることはできない。
自分は、もしかしたら、人間ではないのかもしれない。
ホモ・モンストローズ。
怪物。
幻獣——世界史の中で、さまざまに呼ばれてきた、人でないものだ。
もう、自分は帰れない。
それは覚悟した。
しかし、深雪は、返してやらねばならない。
たとえ、この身がどのようなことになろうとももだ。
腰の、ウエストポーチに右手をあてる。
ここに、よっちゃんに頼んで買ってきてもらったものが入っている。
九十九にも言ってないものが。
すみません、九十九さん……
その声を、喉の奥で押し殺す。
声に出さずに、奥歯で嚙みしめる。
その時——
左手方向に、ヘッドライトの灯りが見えた。
それが、近づいてくる。
「来た……」
九十九が、囁く。
「カローラです」
夜目のきく大鳳が、すばやく車の形状を見てとり、そう言った。
「よし」
九十九が立ちあがる。

一本の杉の木の前に立つ。

ひとつ、
ふたつ、
と、呼吸して、右掌を杉の幹に当て——

押した。

「むん！」

めきめきめき——

という、木の引き裂かれる音がして、その杉の木が、道路の方に向かって倒れはじめた。

人の力でも、押せば倒れるように、あらかじめ、根元に近い場所に切れ込みを入れておいたのである。

カローラが、急ブレーキをかける。

どう——

と、杉の木は倒れる。

その杉が、停止したカローラの一メートルほど先で、道路を塞いでいた。

2

深雪は、それを見ていた。

乗っているカローラの前に、右側の山の斜面——道路に近いところに生えていた杉が、いきなり倒れてきたのである。

一〇メートル手前だった。

運転席でハンドルを握っていた男が、急ブレーキを踏んだ。

杉の木の枝の、一メートル手前で、カローラは停まった。

助手席に座っているのは、グリフィンであった。

深雪は、後部座席の真ん中に座り、両サイドには、ひとりずつ、ふたりの男が座っている。

全員で、五人。

四人が、ルシフェル教団の人間である。

左右の男が、上着の内側から、拳銃を引き抜いていた。

いずれも、ロシア製のトカレフである。

「出てはいけませんよ……」

静かにそう言ったのは、グリフィンである。

もちろん、まだ、誰も外には出ていない。

フロント、リア、左右のドアのガラスは、防弾ガラスである。

二弾続けて、同じ場所に着弾しない限り、拳銃の弾くらいははじき返す強度がある。

倒れた杉の向こうに、人影があった。

漢のようであった。

目出帽(めだしぼう)で、顔を隠している。

その漢の、胸から上が見えている。

「電話を」

グリフィンが、落ちついた声で言う。

「はい」

深雪の左に座っていた男が、左手でポケットから携帯電話を取り出して、片手で操作しはじめた。

二回の呼び出し音で、相手が出た。

「下だ。道路を倒された樹で塞がれた」

短く伝えた。

「来てくれ」

電話を切る。

今すぐ向こうを出発したとして、どんなに早くても五分。

たぶん、六分か七分はかかるだろう。

場合によっては、上から仲間がやってくるまでに、十分近くかかるかもしれない。

「バックで逃げますか？　ターンしますか？」

ハンドルを握っている男が言った。

いずれも、やりとりはドイツ語である。

男が、ギヤを入れ替えようとすると、

「待ちなさい」

グリフィンが言った。

それは、倒れた杉の木の向こうに立っている漢が、動いたからだ。

月光の中に、静かに立っていた漢が、右手を持ちあげて、頭部を隠している目出帽に指をかけ、それを脱ぎ去ったからだ。

その下から現われた顔を見た時――

「大鳳くん……」

深雪が、声をあげて息を呑んだ。

遠目でもわかる。

夜でもわかる。

月光しか明かりがなくともわかる。

間違えようがない。

どくん、
深雪の心臓が、激しく打った。

まさか。

来ないと思っていた。

昨夜、囚われになっている屋敷に、忍び込んできた者がいた。その男と、眼が一瞬だけ合ったのだ。

その一瞬で、大鳳とわかった。

一瞬だ。

しかし、まさか、との思いもあった。

本当にあれは大鳳だったのか。

来るはずはない。

自分を拉致した連中が、大鳳を呼び出すために、自分を誘拐したのだとは見当がついていた。

しかも、得体の知れないおそろしい連中だ。

人を殺す時、ためらわない。

それがわかる。

大鳳も、それはわかっているはずだ。

来るわけはない。

自分のために、大鳳が、自ら危険な行為に及ぶはずはないと。

あたりまえだ。

来なくて当然だ。

来てほしくなかった。

しかし、心のどこかでは、来てほしいという気持ちもあった。

だが、絶対に来るはずがない。

大鳳を匿(かくま)っている仲間が、それを許すはずもないと。

しかし、大鳳は来た。

その大鳳が、今、目の前にいる。

あれは、大鳳だったのだ。

涙がこぼれた。

熱いものが目頭にあふれ、大鳳の姿が滲(にじ)んだ。

「あれが大鳳か……」

グリフィンがつぶやく。

九十九三蔵と、宇名月典善には、以前、山王にある久鬼玄造の屋敷に忍び込んだ時に出会っている。

いずれも、おもしろい連中だったと思っている。

大鳳は、どうか。

「ちょっと、挨拶をしておきましょう」

カチャリ、

と、音がした。

助手席のドアのロックが、解除される音だ。

「やめて下さい。危険です」

運転席の男が言った。

「だから行くのですよ」

「上から人が来るまで、待って下さい」

「それでは、大鳳が行ってしまうかもしれませんよ」

ドアが押し開けられた。

グリフィンは、外へ出た。

冷たい外気の中に立った。

「大鳳くんですね……」

日本語で言った。

3

大鳳は、顔を隠していた目出帽を毟(むし)るように取って、捨てた。

さあ、この顔を見ろ。

この顔が、証拠だ。

上と下の両顎が、少し前に出ているだろう。

人間としたら、ちょっと不自然なくらいに。

ぎりぎり、この顔で、街の中を歩くことはできる。

皆の視線は集めるが、騒がれるほどではない。

多くの者は、見て見ぬふりをする。

可哀想に——

そういう視線を送ってよこす者もいる。

このくらいなら、誰も、化物だとは言わない。

騒いだりしない。

おれは本気だ。

おとなしく、あんたたちにくっついてゆくよ。

ただし、深雪を返してくれればだ。

その時——

ドアが開いた。

助手席のドアだ。

そこから、若い男が出てきた。

上下とも、黒い服に身を包んでいる。

金髪だ。

眸(め)が、青く光っている。

ただものでない気配をその身に纏(まと)っている。

その時、大鳳の鼻に、届いてくるものがあった。

女——深雪の匂いだった。

ドアが開き、車内の空気が外にこぼれ、こちらまでその匂いが漂ってきたのだ。

間違いない。

あの車の中に、深雪がいる。

たぶん、深雪からは、自分の姿が見えているだろう。

外へ出てきた金髪の若い男は、

「大鳳くんですね……」

日本語で言った。

「グリフィンといいます」

その声にかぶさるように、車内から、

「大鳳くん!」

深雪の叫ぶ声が聴こえた。

「逃げて、大鳳くん、逃げて!」

その声が、ドアの閉められる音によって、途切れた。

ああ、深雪の声だ。

深雪の声だ。

身体が震えた。

何としても、何としても、助けなければならない。

一番いいのは、深雪を助け、自分も深雪も、九十九と一緒にここから逃げきることだ。

それは、たぶん、無理だろう。

それならば、自分はおとなしく彼らのもとにゆき、深雪は、まだ森の中に隠れている九十九と共にこの場を立ち去る。

それだけは、なんとか、この取り引きで成立させたい。

「約束の時間には、少し早いが、取り引きしたい……」

大鳳は言った。

「取り引き?」

「おれは、これから、そっちへ行って、その車に乗る。そうするので、車の中にいる織部深雪を、自由にしてくれ」

「もちろん。そのために来たのですからね」

「では、織部深雪をここへ——」

その言葉を、グリフィンは無視した。

「亜室健之は、そこにいないのですか?」

「いない」

「どうしたのです」

「亜室健之は、この取り引きに反対をした——」

「でしょうね」

「だから、おれは、ひとりで勝手にここまでやってきたんだ」

「時間が少し早いのは? 場所も違う」

「言われた時間に、ゴルフ場に行ったのでは、もしかしたら、亜室健之たちと一緒になるかもしれない。たぶん、おれを捜しに来るだろうからね」

「でしょうね」

「だから、彼らが来るまでに、これを終わらせたい」

「いいでしょう」

「これから、そっちへゆく」

「でも、その前に、ちょっと、どうですか」

「どう?」

「ぼくと、遊びませんか」

「遊ぶ?」

「あなたが、逃げないのは、わかりました。ならば、遊びましょう。五分あれば、充分でしょう」

「五分?」

「五分で、ゴルフ場から、ここまで人がやってきます。そうなったら、できない遊びですよ」

「なに!?」

　この男――グリフィン、少し、何かの感覚がずれているのではないか。

　こういう状況で、いったい、何をどうやって遊ぶというのか。

「ちょっとだけ――」

「――」

「ぼくが勝ったら、きみも、それから車の中にいる女性も、連れていきます」

「おれが勝ったら？」

「あなた次第です」

「おれ次第？」

「車の中には、仲間が三人。銃が二丁。これをなんとかすれば、あなたが車の中の女性をどうしようと、好きにできるということです。上から、何人か駆けつけてくるまでならね」

「魅力的な提案だが、遊びとは？」

「これですよ」
グリフィンが、飛んだ。
その身体が宙に跳ねあがり、杉の枝の上に左足を乗せた。
その枝がたわむ。
その反動を利用して、もう一度、グリフィンの身体が宙に飛んだ。
大鳳の横に、グリフィンが立った。
互いに、素手だ。
向き合った。
「本気でいいですよ」
グリフィンがつぶやいた。
「真性のルシフェルが、どれほどのものか、前から知りたかったんですから――」
ヒュキイイイイイイイ……
グリフィンの唇から、高い声が、月の天に伸びあがった。
いっきに間合を詰められていた。
ヒュッ、
ヒュッ、
シッ、
シッ、
たて続けに、グリフィンの手と足が、大鳳を襲ってきた。
おそろしく速い攻撃だった。
その攻撃のすべてを、大鳳はかわしていた。
こんなもんじゃない。
それをかわしながら、大鳳は思った。
まだ半分の速度も、力も、このグリフィンは出していない。
ヒッ、
ヒッ、

ヒッ、
グリフィンの速度があがる。

それに、呼応するように、大鳳の反応速度もあがっていた。

「あと四分……」

グリフィンが言った。

グリフィンの左右の手を、大鳳が横に払う。

グリフィンの顔が、がら空きになる。

そこへ、右の拳を叩き込もうとしたその時——

きゅうっ、
と、グリフィンの首が、前に伸びてきた。

かつん、
と、グリフィンの上下の歯が嚙み合わされて、鳴った。

なんと、グリフィンは、その首を三〇センチも伸ばし、大鳳の顔を、その歯で嚙みつきにきたのである。

グリフィンの犬歯が、倍以上、長く伸びていた。

人である。

グリフィンは間違いなく人であるはずなのに、その顎(あぎと)だけが、獣に変じていたのである。

犬だ。

無毛の犬。

あるいは、狼。

「残念……」

グリフィンが嗤(わら)う。

嗤ったその口——上顎と下顎が、
めりっ、
と、伸びる。

そして、頸(くび)が、ドーベルマンのように長くなっている。

ただし、獣毛は生えていない。

髪は、人のものだ。

色は、金。

そして、黒いズボンを穿いている。

身につけているのは、緑色のシャツだ。

その上に、黒い上着を着ている。

その襟元から、頸が伸びているのである。

眸（め）は、碧（あお）い。

何だ⁉

何だ、これは⁉

キマイラなのか。

これもまたキマイラの変種なのか。

めきっ、

と、背骨が前に曲がった。

上着の背の中央あたりが、尖（とが）るように持ちあがっていた。

下から、布地を上へ押しあげているものがあるのだ。

曲がった背骨だ。

グリフィンの、ズボンの中に隠されている脚が、変形していた。

それがわかる。

見えるズボンのラインが変化したからだ。

そこに人の脚が入っているのなら、ラインは変化しない。

真っ直ぐに立っているように見えるのに、膝が出ている。

獣の脚だ。

では、履いている靴の中にある足の形状はどのようになっているのか。

想像したくなかった。

「ルシフェル・アクセス……」

グリフィンがつぶやく。

ルシフェル・アクセス!?

それが何であるか、大鳳は訊ねようとした。

が――

それを思いとどまる。

今は、そんなことを問うている時ではない。

予定とは違うが、まだ想定内だ。

上から、彼らの仲間がやってくるまでに、グリフィンを倒さねばならない。

少なくとも、深雪は、安全なのだ。

自分が、彼らの手に落ちるまでは。

深雪は、彼らがこの自分を捕らえるまでは、大事な人質なのだ。

車内にいるふたりの人間が、拳銃を持っているようだが、あれは、深雪に使われるものではない。

そして、この自分にも使われないだろう。

使われるとしても、それは殺すためではない。

銃のことで言えば、一番危ないのは、むしろ九十九だ。

彼らはまだ、九十九の存在を知らない。

九十九三蔵だ。

他にも仲間がいるだろうと考えてはいても、それが九十九で、どこにいるかまではわかっていないはずだ。

危険な役目を九十九にさせてしまうことになるが、彼らが銃を持っていることは、九十九も充分に想定していることである。

大丈夫だ。

九十九を信ずるしかない。

上から、彼らの仲間がやってくるまでに、グリフィンを倒さねばならない。

たとえ、グリフィンが、仲間がやってくるまでの時間稼ぎとして、〝遊び〟を提案してきたのだとしても、それは逆に、自分たちにとってもチャンスなのだ。

九十九も、車内の状況は見てとっているだろう。

自分にできるのは、彼らの注意をできるだけこちらに引きつけておくことだ。

自分がやるべきことは、可能な限り短時間で、グリフィンを叩き潰すことだ。

全力で——

ひゅう……

と、大鳳は、息を吸い込んだ。

コオオオオオオ………

息を吐く。

小周天。

七つのチャクラが、いっきに加速した。

ギアをトップに入れる。

これに、鬼骨の力を加えて、さらに回転をあげる。

キン……

キン……

耳の中で、肉の音がする。

いいぞ、鬼骨は制御できている。

今のところは、鬼骨に自分が呑み込まれることはない。

ソーマの助けを借りるまではいかない。

行く。

もちろん、自分からだ。

アスファルトを蹴って、間合の外からだが、いっきに。

ふぉん——

と、肉が鳴る。

いい加速だ。

組みにはいかない。

これで組みにいったら、当てられてしまう。

前蹴り——

と見せて、いっきに身を沈め、地面に両手をついて、右足を畳み、その右足に体重をのせて、爪先を軸にして回転する。

低い位置の回転だ。

伸ばしたままの左足の踵で、グリフィンの足を払いにゆく。

円空拳——

綺麗で美しい回転技だ。

でも、これは当たらない。

それはわかっている。

グリフィンのやることは、後ろへ退がるか、上に跳ぶかだ。

もちろん、グリフィンは上に跳ぶ。

ほら、跳んだ。

上から攻撃してくるためだ。

回転させた左足の軌道を変えながら、仰向けになる。

まだ、右足は畳んだままで、爪先はアスファルトの上。

それが、腰の下にある。

右手は、アスファルトの上について、バランスをとる。

そして、上から落ちてくるグリフィンの攻撃、つまり、グリフィンの右脚を、左足で払う。

これは当たった。

立ちあがる。

どっちにもダメージはない。
向き合う。
ここまでは、お互いに想定内だ。
向き合った時には、間合に入っている。
ここから先は、想定外だ。
休まずにゆく。
キン、
キン、
肉の鳴る音が、聴こえ続けている。
速い。
疾(はや)い。
早い。
次々と攻防が入れかわってゆく。
気持ちがいい。
想定外だから、瞬時の反応のひとつずつが、
未知の世界への旅と同じだ。
一回の瞬(まばた)きよりも短い旅の連続だ。
久しぶりだ。
この感覚。
思わず、続けたくなる。
ゼロ・コンマ何秒かの旅を無限に続けてゆく
この遊びを。
闘いに、淫してしまいそうだ。
だが、それはできない。
グリフィンの拳を流して、右肘をその顔面へ
——
当たった!?
そう思った瞬間、寒気のようなものが、背を
駆けぬけた。
右肘を引く。
遅かった。
引いた右肘に、痛みがあった。

かつん、
と、歯の鳴る音が、耳に残っている。

打っていった肘に、グリフィンが嚙みついてきたのだ。

出した肘を引いたのだが、その時には、もう、浅く牙を立てられていたのだ。

着ているものの袖を、嚙みちぎられていた。

そういう攻撃をしかけてくる相手だったのだ。

「残念……」

グリフィンが、さっきと同じ言葉を口にした。

そんな言葉には反応しない。

攻撃をする。

身体の周囲で、何かがきらきらしている。

光の微粒子のようなもの。

手や足を動かすたびに、その拳の後を追って、その足の後を追って、その粒子がきらめく。

大気の中に、夜光虫のような、ナノレベルの微生物が棲んでいて、それが、動きに反応しているようだ。

傷は、浅い。

動きに与える変化は、ない。

ますます、意識が疾く動くようになっている。

こんなレベルは初めてだ。

明らかに、グリフィンによって、自分のレベルが引きあげられている。

時間速度が、落ちている。

一秒が、一〇秒のように感じられる。

一〇秒で体験することを、一秒で体験している——そんな感じだ。

しかし、いいことをグリフィンは教えてくれた。

自分も、同じことをやってやる。

久鬼ならば、できることだ。

かつて、久鬼は、それを見せてくれた。

自分は、まだ、久鬼ほどそれをうまくやれない。

やるのも、もどすのも、久鬼より時間がかかる。

しかし――

それをやる。

やらねば、この状況を変えられない。

あと、時間はどれだけ残っているのか。

まだ、三〇秒も過ぎてはいないような気がしている。

あまりにも時間が濃密すぎて、時間の感覚が変様してしまっているのだ。

闘いながら、準備をする。

幸いにも、服を着ているので、今、何が始まっているのかは、グリフィンには見えない。

グリフィンは、前かがみだ。

犬か、狼が、人間のように二本足で立っているように。

動きも変則的だ。

しかし、大丈夫だ。

できる。

タイミングは、蹴りの時だ。

グリフィンが、右足で蹴ってきた時だ。

その流れを、作ってやる。

来た。

グリフィンの、閃光のような右足の蹴りが左脇を襲ってきた。

それを、左肘で受ける。

布の裂ける音がした。

「ぬ!?」

グリフィンが、間合の外まで退がる。

グリフィンの、左のズボンの脛(すね)近くの布地が裂けていた。

そこから、グリフィンの、脛の地肌が見えている。

その地肌から、血が流れていた。

「何をしました!?」

グリフィンが言う。

ぢいっ!

獣の鳴く声がした。

大鳳の右腕あたりからだ。

二の腕の袖の布地が、破れていた。

その破れ目から、鼠くらいの大きさの獣が、顔を出していた。

眼のない、黒い獣。

しかし、口と、歯だけはあった。


ぢいっ!

それが哭(な)いた。

ぢいっ!!

ぢいっ!!

大鳳が、自分の腕の一部を、キマイラ化させたのだ。

グリフィン流に言えば、ルシフェル・アクセスだ。

その獣が、大鳳の袖の布地と、グリフィンのズボンの布地と一緒に、グリフィンの肉を嚙みちぎっていたのだ。

その獣が、哭きながら、グリフィンの肉を嚙み、呑み込んでゆく。

しかし、グリフィンの顔に浮いているのは、痛みの表情でもなく、怒りの表情でもなかった。

喜悦の笑みであった。

「それが、真性のルシフェルですね」

嬉々とした声で、グリフィンは言った。

「遊んでよかった……」

どれほどのダメージもないようであった。

「遊びの続きを――」

グリフィンが、跳んだ。

転章

1

車一台に、四人が乗った。

ハイエースだ。

それで、事故現場へ向かう予定だった。

四人にしたのは、ゴルフ場の方に人を残しておくためであり、それ以上乗り込まないようにしたのは、現場の五人を乗せるためである。

アレクサンドルは、ゴルフ場の方に残った。

ハイエースは、道を回り込みながら下ってゆく。

もうすぐ、幹線道路に出るという時に、
ばあん、
ばあん、
という破裂音と共に、ハンドルが利かなくなった。

左の前輪と、右の後輪のタイヤがパンクしたのだ。

カーブであった。

スピードも出していた。

それで、とっさのことに対応しきれなかった。

一度、二度、車は向きを変え、横滑りして、道路脇の欅に、大きくぶつかっていた。

ハイエースが、横倒しになっていた。

それで、車が動かなくなっていたのである。

2

大鳳は、闘いながら、考えている。

遊ぼう――

と、グリフィンが言ったのは、嘘だったのではないか。

グリフィンは、時間を稼ぐために、そんなことを言ったのではないか。

それにしても、もう、五分は過ぎたのではないか。

どうして、彼らの仲間がやってこないのか。

その時、運転席のドアが開いて、運転手が外に出てきた。

顔色を変えている。

右手にケータイを握り、それを耳にあてながら、倒れた杉のところまで歩いてくると、

「たいへんです！」

グリフィンに向かって叫んだ。

「こっちへ向かっていた車も、事故にあったようです!!」

あわてた声であった。

その声が、上ずっていた。

その時――

黒い影が、天を動いた。

影が、一瞬、月を隠した。

3

深雪の、左にいる男は、宮島（みやじま）といった。

右にいる男が、河井（かわい）だ。

どちらも、右手にトカレフを握っていた。

トカレフTT―33――

ロシア製の、無骨な拳銃だ。

シンプルで、殺傷力が高い。

構造を簡単にするため、普通はどのような銃にもある安全装置がないのである。

上で、事故があったことは、すでに、宮島も河井も知っていた。

ケータイでの会話が、ふたりにも伝わるように、運転手の安川が、相手のしゃべっていることを、いちいち復唱するように口にしてくれたからである。

その電話を切らぬまま、運転手は外に出ていったのだ。

グリフィンに、それを報告するためである。

宮島は、いらついていた。

それは、運転手が、運転席のドアを開いたまま、出ていったからである。

ドアを、どうするか、一瞬、迷った。

もちろん、閉めたほうがいい。

開いたドアから、銃でねらわれたら危ないからだ。

今のところは、大鳳ひとりのようだが、仲間がどこかに隠れていて、何をしてくるかわかったものではないからだ。

大鳳が口にした、亜室健之と意見が合わなかったという話は、ここまで聴こえてきた。

それは、嘘かもしれない。

ありそうな話だが、ありそうな話ほど、嘘である可能性が高い。

だから、ドアを閉め、ロックしておきたいのだ。

グリフィンも、そのくらいは承知しているはずだ。
承知していながら、グリフィンは遊び出してしまった。
それが歯がゆい。
しかし、ドアを閉める役は、自分ではない。運転席のすぐ後ろに座っている河井だ。
「おい、河井」
宮島は言った。
「そのドアを閉めるんだ」
その時だった。
いきなり、
だん!
と、車の天井が音をたてた。
強烈な音だった。
車の屋根が、内側に大きく凹(へこ)んでいた。
何かが、屋根の上に落ちてきたのだ。
それも、とてつもなく重いものだ。
何かが、高いところから、車の屋根に飛び下りてきたのだ。
どん!
と、叩かれた。
どん!
どん!!
どん!!!
たて続けに、何者かが天井を叩く。
車の天井が、そのたびに、たわみ、凹んでくる。
足で踏んでいるのか、拳で殴っているのか、いずれにしても凄まじい力だ。
「河井、閉めろ、早く!」
その言葉が響いた時、音がやんだ。
今がチャンスだと思った河井が、後部座席から身をのり出して、右手を外に開いたドアのノブに伸ばしてきた。

右手に握っていた銃は、左手に持ちかえている。

外に開いたドアを閉めるためには、当然、右手は外に出る。

その右手が、ドアの陰から伸びてきた手に、いきなり摑まれていた。

強く引かれた。

河井の上半身が、運転席に転げ落ちる。

右腕一本が、外に出ていた。

その時、凄い力で、外側から運転席のドアが蹴られていた。

閉まったドアに、河井の右腕が挟まれていた。

骨が折れた。

「うがっ！」

河井が、叫び声をあげた。

「な、な……」

宮島が、右手に持った銃を、フロント、両サイド、リアの窓に次々に向ける。

わかっている。

屋根の上にいたやつが、飛び下りて、ドアを蹴ったのだ。そいつが、今、車の外にいて、中に入ってこようとしているのだ。

とん、
と、屋根で音がした。

何が起こったのか。

宮島の眼が、凹んだ屋根に向けられる。

その時——

こん、こん、という音がした。

宮島は、あわてて、視線と銃口を窓の外に向けた。

そこに、人の顔があった。

男だ。

車の室内灯に照らされて、その顔が笑っているのがわかった。

何があったかわかった。

車の右側にいたこの男が、いったん車の上に跳んで、屋根を蹴ってこちら側に降りてきたのだ。

「ニイハオ」

男は言った。

その顔に銃口を向け、宮島は、たて続けに引き鉄(がね)を引いた。

パアン、

パアン、

パアン、

窓に、細かいひび割れが広がってゆく。窓ガラスは、防弾仕様で、外からの拳銃弾もはじくかわりに、中からの弾丸も通さないのだ。

男の笑みに、ひびが入ってゆく。

笑顔は、すぐにひびで見えなくなった。

その瞬間、窓ガラスが音をたてて割れ、細かくなって、あたりに散った。

窓ガラスを割った拳が中に入ってきた。

銃を持った右手を掴まれていた。

強く引かれた。

この時、深雪がやったのは、右の後部座席のドアのロックを解除して、ドアを開くことだった。

外へ出た。

そのまま、走った。

いや、走ろうとしたのだ。

しかし、できなかった。

運転手だった。

深雪の前に、運転手の安川が立ちはだかったのである。

「逃げるなよ」

言った安川の頭部が、こくん、と前に傾いた。

そのまま安川は、アスファルトの上に、崩れるように倒れ伏していた。

その後ろから、姿を現わしたのは、大きな人影だった。

分厚い肉。

その肉の発する温度。

知っている肉体だ。

「深雪……」

その漢は言った。

なつかしい、優しい声であった。

「九十九さん……」

言った時、深雪は、優しい、大きな力に包まれていた。

太い腕。

たとえようもないほど優しい力。

それが、深雪を抱え込んでいた。

「おまえは、おれが守る……」

その声が、分厚い胸から、直接深雪の心臓に響いてきた。

かつて、聴いたのと同じ言葉だ。

夜の荒久の海で、深雪はこの言葉を聴いた。

あの時と同じ声、同じ力。

「ああ、そこの人……」

声がした。

そこに、青いダウンジャケットを着た、まだ若い男が立っていた。

猛宗元だった。

「そのお嬢さんを渡してもらえませんか」

「やだね」

九十九三蔵は言った。

『キマイラ魔宮変』完
『キマイラ呪殺変』に続く

あとがきふたつ

——その時その時の日記として

いつも、本のあとがきを書く時は、その季節、そのおりおりに何を考えていたか、日記を書くようなつもりで書くことにしている。

特に、「キマイラ」はそうだ。

日常的に日記を書くという習慣がないので、あとがきはそのかわりとしてちょうどいい。

今年に関して言えば、ぼくは六十九歳になった。

これまで、四十年を超える歳月、原稿を書くということを仕事として生きてきたが、この頃になって、ようやく気がついたひとつの感慨というか、思いというか、わかったことがある。

それは、別の場所でも書いたことなのだが、この齢までずっと書き続けて、今、ようやく書くこととのスタートラインに立てたような気がするということだ。

これまで、ずっと、原稿を書く時は、もちろん本番のつもりでやってきたというのは間違いない。とにかく必死、右も左もわからず夢中。そういう日々の意味が、この歳になってようやくわかったのだ。

それらの日々や、これまでぼくが体験してきたことの全てが、今、この場所に立つためのものだったんだな、とわかる。原稿のみではない。子供の頃に釣りをしたり、親父と遊んだり、デビューをしたり、同人誌を出したり、結婚したり、ふたりの子供を授かったり、親父を看とり、母親を看とり、たくさんの人と出会ったり、ヒマラヤへ行ったり、アマゾンやユーコンへ行ったり、あの人やこの人や何人もの友人を失くしたり、そういった日々や、その日々の全てに書き続けてきたことは、みんな、今、この場所に立つためのものだったんだなとわかる。

やっと、書きたいものが見えてきて、そのためには何をどうすればいいかもわかっていて、そのための技術も方法論もぼくにはわかっていて、何をテーマにすべきかも見えて、そのやり方ももう見えていて、それがどれだけ困難なものになるかも、それを書きあげた時の至福

の悦びもまたわかっていて、ともかく、ようやく、自分が物語作家としてのスタートライン
に立っているのが、わかっちゃったのである。

自分が、根っからの物語作家であることに気づくための四十年だったのだ。

これからだ。

これからやらなくては。

それをやるためのノウハウも、おくればせながら、ささやかな知識も、足らないながらなんとか身についた。

これから脳内にあるものを文字化するのに、自分がどれだけ足らないのか、その足らなさ加減が見えたということである。何を勉強すればよいかが、ようやく見えたということだ。

毎日、眠る前に、至福の時だ。三十分本を読んでいる。深夜の二時まで書いて、寝落ちするまでの三十分間の読書。歴史はおもしろい。科学はおもしろい。知識を得るのがおもしろい。わからないことだらけで、それがおもしろくてたまらない。これはつまり、人間がおもしろいという、そういうことなんだろう。

ついでに言ってしまえば、絵と書のイメージが膨らんできてどうしようもない。俳句と陶芸についても同じだ。ようやく、やれそうなことがわかってきて、絵の具を買い込んだり、

紙を買い込んだりしている真っ最中だ。

楽しいぞ、おれ。

いったいどうなっちゃうんだ、おれ。

四十年、やってみるもんだ。

生きてみるもんだ、六十九年。

こういう場所があるのがわかっただけでも奇跡みたいなもんだ。

しかし——

ああた。

気がついたら、今書いたように六十九歳だよ。

来年は、七十歳だよ。

残り時間、ないじゃないの。

体力ガタ落ち。

釣りにだって行きたいのに。

正直に告白しておけば、文章を書く時のフィジカルも、落ちてきているような気がする。

文章筋肉が、落ちているんじゃないの。

なおしを指摘されることが、かすかに増えているような気がする。

文章を書く時の、ややこしい思考を文字化する時の踏んばり力が、減っているのかもしれない。自分ではよくわからないが、ちょっとそんな気がする。

昔、ダイビングなら二〇〇メートル潜ってやっていた作業が、今、息が続かなくなって、一五〇メートルくらいしか潜れなくなってるんじゃないか。

徹夜が前ほどできなくなってきている。

どうするよ、おい。

全てのアスリートがたどる道を、文筆業の人間だって、たどるのである。

こうなったら、もはや、やれることは、全力疾走のみじゃないの。

一〇〇メートル一〇秒では走れなくとも、一〇〇メートルの全力疾走はできる。それならできるというか、それしかないんじゃないの。

それで、倒れる。

途上で倒れる。

人間なんて、それくらいしかできないんじゃないの。

ああ——

そうだった。

「キマイラ」だよ、「キマイラ」だよ。

ぼくが今、直面しているのは、かなりしんどいものだ。

「キマイラ」は今、完結に向かって進んでいるのだけれど——

どうなのよ、それ。

完結させてしまっていいのか。

終わらせてしまっていいのか。

何十年も書いてきて、なんという不思議な怪物——自分の心というラスボスにぶつかってしまったのか。

この結末で、読者は許してくれるのか。

「これしかなかった」

そんな言いわけでいいのか。

それとも、この結末が、最高のものなのか。

これでいいのかよ、おい。

今もまだ、実は迷いのまっただ中だ。

物語に結末は必要なのか。

終わっていいのか、物語。

終わらないことこそを、物語作家は目指すべきなんじゃないのか。

これはあまりに根本的すぎる問題だ。

わからん。

物語が、神話たり得るのは、混沌(こんとん)であることこそが必要なことなのではないか。カオスこそが正しいのではないか。

ああ、わからんぞ、おれ。

混乱しているぞ、おれ。

永遠に書き続けられて、作者の死とともに、それが未完となる。

それこそが物語の正しいあり方なんじゃないのか。

誰かたすけてくれ、とは言わないよ。

いずれにしろ、それは、ぼくが決めて、ぼくがやらねばならないことだからだ。

この地上にそれをやらねばならぬ使命を持った人間がいるとしたら、それはぼくなのである。

よくわかってる、もちろん。
ああ、神がいるのなら、あとせめて、十年の、パトスと愚かなる力に満ちた時間をぼくにくれないか。

二〇二〇年五月二十日　小田原にて——

ささやかながら文芸に力あり

このところ、仕事のあいまにほろほろと考えているのは、

「我々のやっている文芸、物語というものには、はたしてどれだけの力があるのだろうか」

ということです。

どうなのか。

どうもよくわかりません。さまざまな思考や考え方はありますが、途中をすっとばして、
結論を申し上げれば、

「ある」

ということですね。

どうしてもある。

そう考えざるを得ません。

それは、ぼく自身が、その文芸の力というか、物語の力というか、言葉の力というものに、これまで何度となく救われてきたからです。

もちろん、これは、誰にでも効く万能の特効薬のようなものではありません。人によって効いたり効かなかったり。同じ人でも時と場合によっては、やはり効いたり効かなかったり。

でも、あります。

「ある」

んです。

ぼくの場合で言えば、宮沢賢治ですね。
賢治の作品、その中でも詩ですね。
ぼくは、ずっと以前から、日本が世界にほこる三大偉人ということで、
空海、
宮沢賢治、
アントニオ猪木、
この三人の名前をあげてきましたが、そのうちのひとりが宮沢賢治です。

賢治の詩句を、

「天鼓の響き」

と書いた詩人がおりましたが、まったくその通りだと思います。

もうはるかな三十年くらいは昔のことでしょうか。その詩人が賢治の詩句を使って、自分の詩を書いてしまったんですね。当然、それがわかってしまって、盗作騒ぎになった。ぼくも大好きだったいい詩を書く方でした。その方が、その騒ぎの渦中、新聞に、そのいきさつを原稿に書いたんです。「天鼓の響き」というのは、その詩人が、その原稿の中で使った言葉です。

その原稿の中で、詩人は言うわけです。

自分にとって、賢治の詩句というものは天鼓の響きであったと。やってはいけないことと は知りながら、その響きに自分は負けてしまったのだと。

ああ——

よくわかります。

自分の想としての詩句がある。それを連ねていった時に、ふいに、賢治の詩句が鳴り響く。ああ、ここはあの賢治のこの詩句を使うしかない。しかし、それはやるべきではない。何日も何カ月もそれと闘って、結局、ここは賢治のその詩句を入れるしかないとわかる。そうしないと、この自分の詩は完成しない。ああ、どうするか。自分のその詩の完成のために、ここは賢治のこの詩句を使うしかないのなら、そうするしかない。そうして、詩人は、その詩句を自分の詩の中に入れる。

まさに、その詩人にとっては、賢治の詩句は天鼓の響きで、呪縛です。

これはねえ、これはねえ、もう、しかたがないんじゃないの。しょうがないんじゃないの。

ぼくは、今、そんな気がしているんですね。

だって、賢治は天然現象なんだから。

人でもものでも、何でもいいんです。

自然(じねん)のものは、鳴り響きます。

風でも手でもいい。

自然のものを打つと、響き、響いて鳴りわたります。

心もそうですね。

賢治という現象を打つ。

賢治が響く。

響きわたる。

心が鳴る。

それがそのまま「天鼓の響き」になっている。それが、美しい、時におそろしい、肉が魂ごと持っていかれるような言葉になる。

賢治というのは、楽器のようなものだとぼくは思っています。

賢治というのはつまり、天然の現象ですから、自然(じねん)の現象、つまり、雨や風や雲、たとえばそこに花が咲いていたり、樹が立っていたりするのと同じ現象ですよ。

それを詩にしたら、つまり、賢治の詩句を知らぬ間に、あるいは知りながら使ってしまうことになる。

ああ——

賢治が好きで、自分の小説の中にもいろいろ引用して使わせてもらったぼくには、それについて言う資格はないのかもしれませんが、人間、そのくらい弱い生き物で、それでいいんじゃないの。

うーん。

空海は、たぶん、これを許すんじゃないの。

どうよ。どうなんですか。


ぼくは、病気です。

言葉を書く、物語を書かずにはいられないという病気です。

毎日物語を書いて、飽きません。

無人島でも書く、地球で最後の人間になっても書きます。これは、ほんとうのことです。

賢治もそうだったんだと思います。

西行の物語を書いていて、わかったことがあります。

西行というのは、日本人が桜を愛でる時の、その愛で方の基本的な感性のようなものを、意図せずに、この世に創ってしまった人ですね。平安時代という巨大な桜が、花吹雪となって散ってゆくのを見とどけるために、天がこの地上につかわした人物が西行であると思っています。

西行——

ねがはくは花の下にて春死なむ
そのきさらぎの望月のころ

という歌を詠んでいます。

そして、この歌の通りに亡くなった方ですね。

その西行のことを『宿神』という物語に書きました。

裏に縄文をまぎれこませています。

完結まで十年かかりましたが、そのラスト近くで、西行が、

「もう、自分は歌を作らなくていい」

と決めるんですね。

でも、作らぬと決めても現象に出会う——つまり、打たれると西行は響いてしまうんですね。

響けば、その響きがそのまま歌になっている。

それが西行です。

そうなってくると、歌を作る、作らないと自分で決めることが、どれほどおろかなことかわかるわけですね。

心が響けば、そこに歌ができてしまうのですから。

それを書きとめるか書きとめないか、それはもうどちらでもいいんですね。

西行は、そのことに気づく。

ぼくが、無人島でも書くというのは、そのくらいの意味です。


作品は、音楽であれ何であれ、人に向けられて発信されるものですが、最後の最後では、それは、自分に向けられたものなんですね。

それが違うというのなら、神でもいいんです。

作品は、神への供物です。

そうでないのなら、それはもう、風や水のように、自然(じねん)のものとして、花の薫りのように宇宙にただようものですね。

そういうものでいいんですね。

ぼくの場合は、物語です。

人間というのは、いいえ、脳というものは、どうしても物語を作ってしまうようにできている。

人間の社会というものは、まさしくそういう物語、ファンタジーによって支えられています。

たとえば、

「実際の物と金銭とを等価交換できる」

というお金の持っている虚構、物語が、ぼくらの社会を支えているのですね。

漢字は、一文字ずつが物語、〝神話〟です。

ぼくらは間違いなく、今も昔も、神話、物語の中を生きているのだと思っています。

今回、ぼくに響いた宮沢賢治の詩がふたつありますが、そのうちのひとつを、ここに紹介させて下さい。

告別　（作品第三八四番）

おまへのバスの三連音が
どんなぐあひに鳴ってゐたかを
おそらくおまへはわかってゐまい
その純朴さ希みに充ちたたのしさは
ほとんどおれを草葉のやうに顫はせた
もしもおまへがそれらの音の特性や
立派な無数の順列を
はっきり知って自由にいつでも使へるならば
おまへは辛くてそしてかゞやく天の仕事もするだらう
泰西著名の楽人たちが
幼齢弦や鍵器をとって
すでに一家をなしたがやうに
おまへはそのころ

この国にある皮革の鼓器と
竹でつくった管とをとった
けれどもいまごろちゃうどおまへの年ごろで
おまへの素質と力をもってゐるものは
町と村との一万人のなかになら
おそらく五人はあるだらう
それらのひとのどの人もまたどのひとも
五年のあひだにそれを大抵無くすのだ
生活のためにけづられたり
自分でそれをなくすのだ
すべての才や力や材といふものは
ひとにとゞまるものでない
ひとさへひとにとゞまらぬ
云はなかったが
おれは四月はもう学校に居ないのだ

恐らく暗くけはしいみちをあるくだらう
そのあとでおまへのいまのちからがにぶり
きれいな音の正しい調子とその明るさを失って
ふたたび回復できないならば
おれはおまへをもう見ない
なぜならおれは
すこしぐらゐの仕事ができて
そいつに腰(こし)をかけてるやうな
そんな多数をいちばんいやにおもふのだ
もしもおまへが
よくきいてくれ
ひとりのやさしい娘をおもふやうになるそのとき
おまへに無数の影と光の像があらはれる
おまへはそれを音にするのだ
みんなが町で暮(くら)したり

一日あそんでゐるときに
おまへはひとりであの石原の草を刈(か)る
そのさびしさでおまへは音をつくるのだ
多くの侮辱(ぶじよく)や窮乏(きゆうばふ)の
それらを噛(か)んで歌ふのだ
もしも楽器がなかったら
いゝかおまへはおれの弟子(でし)なのだ
ちからのかぎり
そらいっぱいの
光でできたパイプオルガンを弾(ひ)くがいゝ

(『新編　宮沢賢治詩集』新潮文庫)

いやあ、泣けるなあ、これは。
もう一度、聖なる呪文のように、鳥を掌(てのひら)から野に放つように唱えておきたい。

「文芸に力あり」

二〇二〇年五月八日

夢枕　獏

◎本書は、「一冊の本」（二〇一九年四月号〜二〇二〇年五月号）で連載されたものに、加筆修正しました。

SONORAMA NOVELS

キマイラ15　魔宮変

二〇二〇年八月三十日　第一刷発行

著者　夢枕獏

発行者　三宮博信

発行　朝日新聞出版
郵便番号一〇四-八〇一一
東京都中央区築地五-三-二
電話(〇三)五五四一-八八三二(編集)
(〇三)五五四〇-七七九三(販売)

印刷製本　図書印刷株式会社

ISBN978-4-02-276025-8